YAMAMURA Misa

La Ronde noire

Roman policier traduit du japonais par Jean-Christian Bouvier

Éditions Philippe Picquier

DU MÊME AUTEUR
AUX ÉDITIONS PHILIPPE PICQUIER

Des cercueils trop fleuris
Poche n° 91

Titre original : *Kuro no kanjosen*

Mas de Vert
B.P. 150
13631 Arles cedex

En couverture : D.R.

Conception graphique : Picquier & Protière

ISBN : 2-87730-377-2
ISSN : 1251-6007

Prologue

« Nous approchons de l'aéroport Kennedy, veuillez attacher votre ceinture... »

Assise près du hublot en retrait d'une aile, Chisako Tanaka vit les ailerons changer de position.

L'avion ralentit et se mit à descendre.

Cela faisait juste deux ans et demi qu'elle connaissait Natsuhiko Hino. Leurs tempéraments un peu solitaires (l'un et l'autre n'avaient plus de famille) s'étaient rapidement accordés et elle était devenue sa maîtresse en attendant de l'épouser lorsqu'il aurait terminé ses études.

Sur la recommandation de son professeur Tôdô, Natsuhiko était parti pour deux ans en tant que boursier aux Etats-Unis ; la première année, elle avait très régulièrement reçu des lettres dans lesquelles il lui disait qu'il l'aimait et qu'il pensait à elle, et puis brusquement, il avait cessé d'écrire.

Après plusieurs semaines de silence, il lui avait envoyé un petit mot d'excuses lui expliquant qu'il était débordé de travail, à l'approche des examens de fin d'année.

« Mes résultats de l'écrit sont moyens et je dois me préparer pour les oraux », écrivait-il sans faire la moindre allusion à leurs projets d'avenir.

Blessée et inquiète, Chisako avait compris qu'il s'était passé quelque chose.

Les économies qu'elle faisait en vue de son mariage sur son salaire d'employée de bureau lui permettaient d'acheter un billet aller et retour pour l'Amérique, et son entreprise ne lui refuserait pas une semaine de congé si elle le demandait…

C'est ainsi qu'elle avait décidé de lui rendre visite. Aussitôt les formalités de passeport et de vaccinations accomplies, elle s'était embarquée sur un vol direct pour New York.

L'avion s'immobilisa.

Elle eut l'impression que la langue japonaise, encore utilisée pendant le vol, s'évanouissait. A l'extérieur, tout était en anglais : les annonces des haut-parleurs et même le murmure confus de la foule… Bien que parlant assez bien anglais et n'ayant aucun objet suspect dans ses bagages, Chisako eut un petit serrement de cœur en se présentant seule au contrôle des douanes américaines.

Se haussant sur la pointe des pieds, elle chercha à voir si Natsuhiko était là, de l'autre côté, dans le hall des arrivées. Il y avait des Japonais parmi les personnes qui attendaient les voyageurs, mais elle ne l'aperçut pas.

Elle lui avait indiqué l'heure de son arrivée et ce n'était pas la demi-heure de retard de son avion qui pouvait avoir provoqué son absence (sur une grande ligne internationale, trente minutes de décalage par rapport à l'horaire prévu n'ont rien d'extraordinaire). Au Japon, il n'était jamais arrivé en retard à un de leurs rendez-vous ; c'était plutôt elle qui le faisait attendre ; il était capable de patienter plus d'une heure s'il le fallait !

Le douanier prit le formulaire qu'elle avait rempli dans l'avion, jeta un coup d'œil sur ses deux valises et lui fit signe de passer. Elle n'avait pas imaginé que cela serait si simple et se retrouva, emportée par la foule, sur le trottoir devant l'aéroport, éblouie par l'éclat métallique du soleil et étourdie par les klaxons des voitures. Prise d'un léger vertige, elle s'accroupit auprès de ses bagages et se ressaisit presque aussitôt, non sans avoir eu le temps de sentir monter en elle une angoisse insoutenable.

En se relevant, elle aperçut une Ford bleue qui se garait sur le parking à gauche en face d'elle. La portière s'ouvrit, elle reconnut Natsuhiko : il était accompagné d'une jeune femme vêtue d'une robe rouge. Malgré ses cheveux châtains flottant au vent et la blancheur de sa peau, elle avait l'air d'être japonaise.

Ils semblaient plongés dans une grande conversation mais se séparèrent avant de sortir du parking : la beauté régulière des traits de la jeune femme et le petit sourire qu'elle adressa à Natsuhiko en le quittant firent frissonner Chisako.

L'ombre du bâtiment obscurcit quelque temps les traits du visage de Natsuhiko ; quand il réapparut, il avait tout à fait l'air d'un jeune homme qui vient chercher sa fiancée… Il l'aperçut et s'approcha d'elle en souriant.

Pendant une semaine, il consacra tout son temps à lui faire visiter New York. L'immeuble de l'ONU, Manhattan, le Metropolitan Opera… il l'emmena partout avec sa gentillesse habituelle, mais le soir, Chisako eut la triste sensation qu'il lui faisait l'amour sans désir ni passion.

Elle rentra au Japon le cœur serré, sans avoir osé lui faire part de ses inquiétudes.

L'aéroport international de Tokyo

1

Six mois plus tard.

Le 6 novembre, une petite pluie fine et froide d'automne tombait sur l'aéroport international de Tokyo. Debout sur l'esplanade d'observation, Chisako attendait l'avion qui ramenait Natsuhiko après deux années de séjour aux Etats-Unis.

Le Boeing 747 de la Japan Air Lines apparut dans le ciel nuageux, avec une dizaine de minutes de retard ; après s'être posé sur la piste, il vint se ranger dans le bruit assourdissant de ses réacteurs le long du spot 52 délavé par la pluie. Il était presque quinze heures.

Chisako regarda avec anxiété les passagers descendre la passerelle ; le retour de Natsuhiko allait-il faire disparaître l'inquiétude qui la rongeait depuis six mois ? Elle sentit qu'il suffirait que celui-ci lève la tête vers la terrasse et lui fasse un petit signe en souriant pour être inondée de bonheur…

Toute à cet espoir, elle le vit descendre et se diriger directement vers la navette de l'aéroport. Il marchait la tête baissée, rentrée dans les épaules, et ne songea pas à jeter un coup d'œil vers la plate-forme.

Elle allait crier « Natsuhiko ! » quand soudain sa gorge se noua. Au milieu du fracas d'un avion qui décollait, elle distingua une jeune femme qui, arrivée au bas de la passerelle, s'approchait de lui par-derrière. Elle lui toucha légèrement l'épaule pour aussitôt détourner la tête en direction de la plate-forme : c'était bien elle, la même jeune femme qu'elle avait vue en Amérique ! Elle était vêtue d'un ensemble rouge très élégant et portait un collier de perles… Chisako eut l'impression, à tort sans doute, que leurs regards se croisaient car d'autres personnes attendaient autour d'elle… En tout cas, la jeune femme dépassa Natsuhiko et s'assit loin de lui dans l'autobus sans plus lui prêter attention.

Chisako lutta contre le sentiment de détresse qui l'envahissait ; depuis une heure, elle attendait sous la pluie, se faisant une fête à l'idée de retrouver son fiancé et voilà que, trempée jusqu'aux os, elle sentait ses jambes se dérober sous elle… Se ressaisissant, elle se dit avec l'énergie du désespoir qu'elle se faisait des idées et que si Natsuhiko n'avait pas pensé à regarder vers la terrasse, c'était tout simplement à cause de la pluie ! Il pensait qu'elle l'attendait à l'intérieur dans le hall des arrivées ; c'était tout à fait naturel.

Quant à la jeune femme, il l'avait rencontrée à New York et ils pouvaient très bien s'être retrouvés par hasard sur le même vol à destination de Haneda ; il n'y avait rien d'étonnant à ce qu'ils aient conversé pendant le voyage. D'ailleurs, la jeune femme ne s'était-elle pas contentée de lui effleurer l'épaule avant de monter dans la navette de l'aéroport ?…

Cherchant toutes les raisons possibles de se rassurer, Chisako quitta l'esplanade et descendit dans le hall des arrivées. Il faut que je l'accueille avec le sourire, marmonnait-elle entre ses dents, il faut que je l'accueille avec le sourire… Elle était en train d'essuyer ses cheveux quand il franchit le contrôle des douanes : leurs regards se croisèrent et ils échangèrent un vague sourire.

Chisako s'approcha de lui.

— Bonjour, fit-elle sans avoir la force d'ajouter qu'elle était très heureuse de le revoir.

— Ah…

Natsuhiko lui répondit d'un petit signe de tête et cligna des yeux comme s'il cherchait que lui dire.

— Il fait froid à Tokyo, dis donc…

Cela ne lui ressemblait pas de prononcer de telles banalités après une si longue séparation. Pourquoi ne trouvait-il pas instantanément, comme autrefois, quelque parole affectueuse ? Ils étaient pourtant fiancés, ils s'aimaient et allaient se marier…

Il ne l'avait pas vue depuis six mois et ne trouvait que cela à lui dire : « Il fait froid à Tokyo, dis donc… » !

Tout en s'efforçant de n'en rien laisser paraître, Chisako sentit son cœur se glacer.

Ils se mirent à marcher côte à côte ; chaque fois qu'elle lui demandait si la fin de son séjour s'était bien passée, il lui répondait d'une manière vague que oui, bien sûr, il n'y avait eu aucun problème… De guerre lasse, elle finit par se taire.

— Excuse-moi, dit-il, remarquant enfin son air découragé, le voyage en avion m'a épuisé…

L'invitant alors dans un des cafés de l'aéroport, il s'assit en face d'elle et sortit une petite boîte en bois de sa valise.

— Je t'ai rapporté un petit cadeau, fit-il l'air un peu gêné en la posant sur la table.

Chisako prit la boîte sans rien dire et l'ouvrit : elle était remplie de porte-clés de toutes les couleurs et de toutes les formes.

— Je les ai collectionnés pour toi pendant tout mon séjour… J'ai pensé que cela te plairait !

Il sourit.

Natsuhiko n'avait donc pas oublié sa passion pour les porte-clés. Chisako sentit les larmes lui venir aux yeux. Il la regarda d'un air étonné.

— Qu'y a-t-il ?

— Rien. Je suis heureuse, c'est tout…

Elle se mit à rire malgré ses larmes.

— Tu es une drôle de petite fille, lui dit-il en souriant.

— Oui, une petite fille très bizarre et très bête, ajouta-t-elle.

Le taxi qui les emmenait à Tokyo se trouva bientôt pris dans le vacarme de la campagne des prochaines élections générales qui devaient avoir lieu à la fin du mois. Des estafettes, portant d'immenses banderoles avec le nom des candidats et hurlant sans fin au micro des slogans criards, sillonnaient la ville en tout sens.

— Déjà les élections ? murmura Natsuhiko comme pour lui-même.

2

La vie reprit son cours normal, du moins en apparence.

Natsuhiko avait retrouvé à l'université Kyonan le poste d'assistant qu'il avait quitté pour préparer son doctorat en sciences politiques à l'université Columbia et avait commencé à rédiger une synthèse de ses deux années de recherches en vue d'une publication. Si un poste de professeur adjoint se libérait, pensait Chisako, il avait de fortes chances d'être nommé.

Il avait emménagé dans un appartement de trois pièces dans la ville même d'Uji, ce qui lui permettait de se rendre facilement à l'université dans le sud de Kyoto. Au printemps prochain, après leur mariage, c'est là qu'ils s'installeraient tous les deux.

Chisako avait perdu ses parents quand elle était enfant et avait vécu chez son oncle jusqu'à sa majorité ; dès qu'elle l'avait pu, elle avait préféré travailler et vivre indépendante en louant une petite chambre en ville. De temps en temps, elle se rendait dans l'appartement de

Natsuhiko faire son ménage et l'aider à ranger ses affaires tout en préparant leur future vie commune.

En bon intellectuel japonais, Natsuhiko n'avait aucun sens pratique et vivait dans un invraisemblable fouillis, incapable de lever le petit doigt pour ranger le moindre objet. Sur ce plan-là, du moins, l'Amérique ne l'avait pas changé, et Chisako, en bonne future épouse japonaise, se réjouissait à l'idée d'avoir à s'occuper de lui comme d'un grand enfant gâté.

Il fallait certes encore attendre une éventuelle nomination de professeur adjoint, mais Natsuhiko ne manifestait aucune inquiétude à ce sujet.

— Tu verras, lui disait-il en riant, ça va marcher !

Pourtant, Chisako n'était pas totalement rassurée ; son impression que quelque chose avait changé en lui persistait. Parfois, en plein milieu d'une conversation animée, il avait brusquement l'air préoccupé ou distrait, ce qui ne lui arrivait jamais avant. Dans ces moments-là, la belle tranquillité de Chisako vacillait et son angoisse renaissait.

De même, lorsqu'il lui avait projeté les nombreuses diapositives prises pendant ces deux années, elle avait été frappée par une relative banalité de l'ensemble, comme s'il manquait quelque chose d'important par rapport à l'idée qu'elle se faisait de l'Amérique de Natsuhiko. Lors d'une seconde projection, elle avait compris la raison de ce malaise : aucun Noir américain n'apparaissait sur les clichés.

Cette « absence » sur plus de deux cents photos était d'autant plus étonnante qu'avant son départ, Natsuhiko était passionné par le problème racial aux Etats-Unis ; il s'était fait une joie de visiter Harlem et lui avait même fait part de son intention d'y séjourner deux ou trois semaines afin de vivre côte à côte avec les Noirs de ce quartier.

— Mais n'est-ce pas dangereux ? lui avait-elle demandé.

— Ne t'inquiète pas ! avait-il répliqué en riant. Ce sont des clichés racistes, les Noirs sont des gens comme nous !

Chisako se souvenait avec émotion de l'enthousiasme juvénile qui le transportait à l'idée de se plonger dans la réalité américaine. Comment se faisait-il qu'il n'ait rapporté aucun cliché de Harlem ?

— Finalement, comment as-tu trouvé Harlem ? lui demanda-t-elle.

Aussitôt le visage de Natsuhiko se rembrunit.

— Aucun intérêt, ce n'est pas du tout ce que l'on imagine, répondit-il sèchement comme si elle avait posé une question indiscrète.

— Mais tu m'avais dit que tu voulais y séjourner quelques semaines…

— Je n'ai pas eu le temps !

— Comment cela ?

— J'étais trop occupé par mes examens ! Voilà, c'est tout !

Voyant qu'il allait se mettre en colère, Chisako n'avait pas insisté davantage. Il n'était pas allé à Harlem à cause de ses examens, mais il avait trouvé le temps, ses diapositives le prouvaient, de visiter les chutes du Niagara, la Floride et le Grand Canyon du Colorado…

Après cet incident, Chisako avait eu l'impression que les mots « Harlem » et « Noirs » étaient devenus tabous entre eux. Ce silence implicite qu'elle n'osait pas rompre ne faisait que renforcer son inquiétude et ses soupçons.

Que s'était-il passé en Amérique ?

3

Vers le milieu du mois de novembre, Natsuhiko demanda soudain à Chisako si elle n'avait pas envie d'aller dans le Kyushu.

— Dans le Kyushu ?

— Oui. Il y a un congrès à Fukuoka demain et j'ai obtenu l'autorisation de m'absenter trois jours. Si tu viens avec moi, après le congrès, nous pourrons aller nous promener du côté d'Unzen…

— Mais tu y vas pour ton travail ; cela fera mauvais effet si je t'accompagne.

Chisako était ravie de cette proposition inattendue, mais ne voulait pas s'imposer et craignait de le gêner.

— Pas du tout. Il suffit que je fasse acte de présence le premier jour et paie ma cotisation, ensuite nous serons entièrement libres. C'est en pensant à toi que j'ai demandé cette autorisation !

— Es-tu certain que cela ne risque pas de te causer des ennuis ? demanda-t-elle.

Ce n'était pas le voyage « à deux » alors qu'ils n'étaient pas encore mariés qui la faisait hésiter mais la situation encore précaire de Natsuhiko au sein de l'université. Etait-il bien prudent de manquer deux jours de congrès alors qu'il attendait un poste de professeur adjoint ? Si l'on apprenait qu'il emmenait sa fiancée lors d'un voyage payé par l'université, elle craignait que cela ne nuise à sa promotion.

— Absolument certain, dit-il en la regardant soudain d'un air grave. Je sais bien que tu t'inquiètes beaucoup à mon sujet ces derniers temps…

— …

— A vrai dire, moi aussi, je trouve que cela ne va pas très bien entre nous deux depuis mon retour. C'est ma faute et je ne veux pas te perdre, c'est pourquoi j'ai pensé que nous avions besoin d'une petite escapade pour nous retrouver « en amoureux » !

— …

— Qu'en penses-tu ? J'ai déjà réservé deux billets d'avion…

— Je viens, acquiesça-t-elle.

Elle aussi avait très envie qu'ils se retrouvent enfin tous les deux « en amoureux ».

Le lendemain matin, ils prenaient l'avion à l'aéroport d'Osaka pour le Kyushu. Après une heure de vol dans un ciel d'azur, l'avion se posa à Fukuoka. Il était neuf heures cinquante ; l'air était d'une grande douceur sous les rayons du soleil de cette belle ville du Sud. Ils allèrent en taxi jusqu'à l'hôtel. En remplissant la fiche à la réception, Natsuhiko écrivit son nom, puis celui de Chisako à la mention « épouse ».

— D'un point de vue strictement juridique, je n'avais pas le droit de nous inscrire comme « mari et femme », plaisanta-t-il quand le groom qui les avait accompagnés dans leur chambre fut sorti.

Chisako sourit de bonheur ; lui tournant le dos, elle s'approcha de la fenêtre et se mit à contempler la vue. Au-delà de l'enchevêtrement des immeubles modernes et des petites maisons traditionnelles, on apercevait la mer dans le lointain ; de nombreux navires étaient ancrés dans la rade de la baie de Hakata et miroitaient sous le ciel bleu. Elle sentit que Natstuhiko s'approchait tout doucement d'elle.

— Quelle plaie, ce congrès, dit-il en la prenant par les épaules, mais il faut absolument que j'aille faire ma cour auprès des grands patrons. Je te promets de revenir le plus vite possible.

— Pense d'abord à ton travail… Je me reposerai en t'attendant.

Ils descendirent ensemble dans le hall du rez-de-chaussée ; un jeune homme était appuyé contre le mur et consultait un plan de la ville. Natsuhiko s'approcha de lui, lui dit quelques mots et se retourna vers Chisako.

— Permets-moi de te présenter un de mes grands amis, Sugano ; nous étions ensemble en licence et il est maintenant professeur adjoint à l'université de Kobe. Lui aussi est venu pour le congrès.

Le jeune professeur s'inclina légèrement, manifestement un peu surpris et gêné de trouver son ami en galante compagnie.

— Bon, c'est l'heure, nous devons partir, dit Natsuhiko en l'entraînant vers la baie vitrée du hall d'entrée.

Après avoir déjeuné dans un des restaurants de l'hôtel, Chisako acheta quelques magazines féminins et remonta lire dans la chambre.

Natsuhiko revint vers cinq heures.

— J'avais peur que tu ne t'ennuies toute seule, mais je n'ai pas pu m'enfuir avant quatre heures et demie.

Il portait une grosse enveloppe marron qui semblait contenir tous les documents concernant le congrès et une boîte rectangulaire enveloppée dans un joli papier aux motifs d'estampes japonaises.

— Tiens, lui dit-il, c'est un petit cadeau pour toi. Il y avait un magasin de poupées de Hakata juste à côté de la faculté, je l'ai acheté lors de la pause du déjeuner, ce qui m'a d'ailleurs valu quelques plaisanteries à ton sujet…

— Comment cela ?

— Tu penses bien que Sugano n'a pas su tenir sa langue auprès des quatre ou cinq anciens de notre université, et « ma jolie fiancée » a fait les frais de la conversation pendant tout le repas ! Se retrouver entre amis que le sort a dispersés au gré des postes dans différentes universités est d'ailleurs le principal intérêt des congrès, et nous avons passé un bon moment tous ensemble…

Chisako prit la bouteille thermos [1] et lui prépara une tasse de thé vert qu'il dégusta à petites gorgées, avant de la prendre soudain par la taille et de la serrer dans ses bras.

Elle ferma les yeux et sentit les lèvres de Natsuhiko se poser sur les siennes dans un long baiser tandis qu'il étreignait violemment ses seins à travers sa robe ; après un instant de douleur, elle frémit de bonheur sous la force de son désir.

— J'ai envie de toi, lui murmura-t-il dans un souffle.

— Moi aussi…

Leurs lèvres s'unirent à nouveau.

En s'abandonnant à lui, Chisako se dit que ce 15 octobre marquerait d'une pierre blanche l'histoire de leur amour.

*

Le même jour, à Kyoto, un homme mourait, assassiné.

1. Un thermos est à la disposition des clients dans toutes les chambres d'hôtel du Japon.

La première victime

1

Le 15 octobre était également le jour où devait se tenir l'assemblée bimensuelle des professeurs de la faculté de droit de l'université Kyonan.

Divisée en deux sections, le droit proprement dit et les sciences politiques, la faculté était composée de nombreux départements spécialisés comprenant chacun un professeur titulaire, un professeur adjoint et un assistant. L'assemblée formait un collège fort nombreux car, à la différence de la plupart des autres universités, elle n'était pas réservée aux seuls professeurs titulaires ; les adjoints et les assistants de chaque département y participaient en effet de plein droit.

A quatorze heures cinquante-cinq, quelques minutes avant l'ouverture de la séance, la plupart des membres de la faculté étaient déjà arrivés et discutaient tranquillement dans la salle du conseil.

Aujourd'hui, c'était le professeur Tôdô, titulaire de la chaire d'histoire de la pensée politique, qui devait assurer la présidence de la séance.

Il n'était pas encore arrivé et personne ne l'avait vu. Ce n'était pourtant pas dans les habitudes de cet homme digne, aux cheveux blancs, d'arriver en retard…

On attendit une dizaine de minutes tandis qu'un employé de l'administration allait vérifier s'il n'était pas dans son bureau ou à la bibliothèque. On téléphona ensuite à son domicile, puis, comme il restait introuvable, on décida de commencer sans lui et la séance s'ouvrit avec une demi-heure de retard sous la direction du vice-président Okada.

Un peu inquiet, Kuroki, le professeur adjoint du département d'histoire de la pensée politique, s'éclipsa au milieu du conseil. L'ordre du jour était particulièrement important : on devait discuter de la prochaine élection du président de l'université, et la faculté de droit envisageait de présenter la candidature du professeur Tôdô… Pourquoi s'était-il absenté sans prévenir ?

Le mieux était encore de passer chez lui ; il habitait un bel appartement dans un immeuble chic de Shimogamo dans le quartier de Sakyo-ku, derrière le jardin botanique. Veuf depuis cinq ans, il vivait seul, son fils unique poursuivait ses études en Angleterre.

Kuroki sortit de l'ascenseur au cinquième étage, s'arrêta devant la porte et sonna. Personne ne répondit.

Il essaya de tourner la poignée, la porte était fermée à clé.

Le professeur était-il sorti ? Mais en ce cas, pourquoi ne s'était-il pas rendu à un conseil de la faculté aussi important ?

Kuroki redescendit et frappa à la loge du concierge.

— Avez-vous la clé de l'appartement 505 ? J'ai peur que le professeur Tôdô ne soit malade ou qu'il n'ait eu une attaque…

— Vous avez sonné et il ne répond pas ?…

— Non, et pourtant je ne crois pas qu'il soit sorti.

— Cela m'étonnerait aussi car il me prévient toujours quand il sort et aujourd'hui je ne l'ai pas vu…

Le concierge hocha la tête et alla chercher un gros trousseau de clés.

Arrivés devant l'appartement 505, ils sonnèrent à nouveau, sans plus de résultat. Le concierge chercha la clé sur l'anneau du trousseau et ouvrit la porte.

En entrant, Kuroki sentit une odeur étrange et désagréable qui le prenait à la gorge, puis il aperçut, dans la pièce du fond, le professeur Tôdô étendu sur le sol dans une mare de sang.

Il était mort, cela ne faisait aucun doute, et l'odeur était celle du sang...

Kuroki se sentit blêmir. En même temps, une pensée d'une lucidité cynique lui traversait l'esprit. Un poste de professeur titulaire se libère... Ai-je une chance d'être nommé ?...

2

Prévenue par le concierge, la police arriva presque aussitôt.

Le commissaire Kozakai, du commissariat central de Kyoto, connaissait le professeur Tôdô de réputation pour l'avoir vu plusieurs fois à la télévision au cours de débats sur la politique et parce que son titre de professeur de l'université Kyonan faisait de lui un personnage important de la ville.

Le corps était couché à plat ventre sur le tapis fleuri et semblait avoir reçu un coup de couteau ; sa veste de laine blanche était maculée de taches de sang déjà coagulé.

Le chauffage était allumé et une chaleur moite régnait dans la pièce.

Laissant les spécialistes de l'Identité judiciaire faire leur travail, le commissaire se tourna vers le concierge et Kuroki pour recueillir leur témoignage.

Ils avaient sonné et comme personne n'avait répondu, avaient ouvert la porte avec la clé de réserve du concierge et découvert le corps, c'était tout.

— Y a-t-il une autre issue que l'ascenseur ? demanda le commissaire.

— Oui, l'escalier de secours, répondit le concierge en indiquant l'extrémité du couloir.

La porte de la loge étant en outre presque toujours fermée en cette saison, il apparut rapidement qu'il était très facile à n'importe qui d'entrer et de sortir de l'immeuble sans se faire remarquer.

— Excusez-moi de vous poser une question aussi banale, dit le commissaire à Kuroki, mais le professeur Tôdô avait-il des ennemis ?

— Non, tout le monde le respectait. C'était une notoriété dans le domaine des études politiques.

Il avait répondu d'une voix ferme, mais après une seconde d'hésitation durant laquelle le commissaire avait eu l'impression que son interlocuteur faisait défiler mentalement la liste des ennemis de la victime.

Sachant que l'enquête révélerait tout naturellement la vraie personnalité du professeur Tôdô, le policier n'insista pas.

— Savez-vous s'il avait quelque rendez-vous aujourd'hui ?

— Il ne m'avait rien dit, mais je ne le pense pas car il y avait le conseil de notre faculté cet après-midi à trois heures et il ne donnait jamais de rendez-vous les jours de conseil.

— Il s'agit donc d'un visiteur imprévu…

— Qu'est-ce qui vous fait dire qu'il s'agit d'un « visiteur » ?

Le commissaire Kozakai jeta un coup d'œil sur le cadavre.

— Parce qu'il a été poignardé de face et semble n'avoir fait aucune résistance ; j'ai l'impression qu'il a été frappé par surprise au cours d'une conversation.

— Mais le professeur Tôdô était un homme prudent et n'aurait pas ouvert sa porte à n'importe qui.

— C'est donc qu'il ne se sentait pas menacé par son interlocuteur…

Tout en parlant, le commissaire continuait à observer le corps. On n'avait pas retrouvé l'arme du crime que l'assassin avait dû emporter en s'enfuyant ; cela signifiait-il qu'il l'avait également apportée avec l'intention bien précise de tuer ? Pourtant le professeur Tôdô avait reçu ce visiteur dans la pièce du fond de son appartement sans se douter du danger qu'il courait… Pourquoi ne s'était-il pas méfié ?

Les inspecteurs étaient en train de relever les empreintes sur la porte d'entrée.

— Vous m'avez bien dit que la porte était fermée à clé, n'est-ce pas ?

Kuroki et le concierge acquiescèrent en silence.

— Où sont les clés de la victime ? murmura le commissaire comme pour lui-même.

— Ici, fit l'un des inspecteurs en montrant deux clés accrochées à un porte-clés qu'il tenait délicatement entre ses doigts gantés. Elles étaient dans la poche de son pantalon.

Le concierge ayant confirmé que chaque locataire n'avait que deux clés à sa disposition, un éclair passa dans le regard du jeune inspecteur Seijo.

— Sommes-nous en présence d'un « meurtre en chambre close » ? demanda-t-il.

Le commissaire Kozakai sourit.

— Regarde la porte ! C'est un modèle à poignée semi-automatique, il suffit de pousser le petit bouton central pour qu'elle se referme à clé toute seule… comme modèle de « chambre close », l'assassin aurait pu laisser mieux à l'imagination des enquêteurs ! C'est plutôt la manière d'entrer qui m'intrigue…

— Comment cela?

— Puisqu'il s'agit de clés numérotées que l'on ne peut pas reproduire, cela signifie que pour ouvrir la porte de l'extérieur, il faut obligatoirement posséder une de ces clés…

3

On emporta le corps du professeur Tôdô dans le service de médecine légale à l'hôpital de l'université Kyonan.

Les résultats de l'autopsie et des relevés d'empreintes dans l'appartement arrivèrent le soir même au commissariat central de Kyoto, où une équipe composée de policiers du commissariat de Shimogamo et d'inspecteurs de la brigade criminelle venait d'être constituée. Autour du commissaire Kozakai étaient réunis les inspecteurs Asahi, Morikawa et Sugiyama.

L'heure du décès se situait entre dix et onze heures du matin, la mort ayant été causée par une blessure à la poitrine.

Si le rapport d'autopsie confirmait les premières impressions du commissaire, les conclusions concernant les empreintes digitales le plongèrent dans la plus grande perplexité.

— Etes-vous sûrs de n'avoir pas commis d'erreur? demanda-t-il.

L'inspecteur Morikawa le regarda, l'air intrigué. C'était la première fois qu'il voyait le commissaire Kozakai mettre en doute le travail des collègues de l'Identité judiciaire.

— Il n'y a pas de raison qu'ils se soient trompés, répliqua-t-il. Qu'est-ce qui te gêne dans leurs conclusions?

Le commissaire parcourut une nouvelle fois le dossier qu'il avait sous les yeux.

— S'il n'y a pas d'erreur, c'est très étrange… et cela signifie qu'il avait raison… dit-il en désignant le jeune inspecteur Seijo. Nous sommes peut-être en présence d'un cas classique de « meurtre en chambre close »…

— Ne dis pas de bêtises ! plaisanta Morikawa. C'est toi-même qui as fait remarquer qu'il suffisait d'enfoncer le petit bouton au centre de la poignée pour que la porte se referme à clé toute seule… Il n'y a pas de quoi en faire tout un mystère !

— C'est exact, fit Kozakai en se grattant la tête, mais il y a quelque chose qui me chiffonne dans ce rapport… D'après eux, ils n'ont relevé que deux types d'empreintes sur la poignée : celles du professeur et celles du concierge. Quant au petit bouton en question, il ne portait que les empreintes du professeur…

— Et qu'est-ce que cela signifie ? demanda l'inspecteur Morikawa en hochant la tête.

Le commissaire toussota légèrement avant de répondre.

— L'assassin, pour sortir de la pièce, a obligatoirement dû tenir la poignée de la porte et appuyer sur le petit bouton pour qu'elle se referme automatiquement ; je ne comprends pas pourquoi on n'a pas retrouvé ses empreintes.

— Sans doute portait-il des gants ?

— S'il avait porté des gants, les empreintes précédentes auraient dû être effacées ou du moins abîmées, or ce n'est pas le cas… Le rapport dit que les empreintes sur la poignée et le bouton sont d'une grande netteté.

— N'est-il pas possible de refermer ce genre de porte sans tenir la poignée ? demanda l'inspecteur Seijo tout en esquissant le geste d'ouvrir une porte imaginaire. On peut la repousser d'une pression sur le rebord ou bien même la contrôler avec l'extrémité du pied.

— Et comment expliques-tu que seules les empreintes de la victime se soient trouvées sur le bouton ?

— L'assassin a sonné les mains gantées, la victime est venue lui ouvrir et l'a fait entrer dans l'appartement : jusque-là, rien que de très normal, l'assassin est dans l'appartement sans avoir touché la poignée de la porte ni le bouton central.

— Oui, mais après ?

— Il me semble que, après son crime, l'assassin a pu tenir la main du cadavre pour appuyer sur le bouton et tourner la poignée…

Le commissaire secoua la tête.

— C'est ingénieux, mais le corps a été retrouvé dans la pièce du fond, baignant dans une mare de sang. Je ne vois pas comment l'assassin aurait pu le traîner jusqu'à la porte sans laisser de traces.

Après quelques secondes de silence, l'inspecteur Sugiyama intervint.

— En ce qui concerne le petit bouton, on n'est pas obligé de l'enfoncer avec le doigt : il suffit d'appuyer dessus avec une pointe très fine et dure… comme la pointe d'un couteau, par exemple ! L'assassin a pu utiliser l'arme du crime après l'avoir essuyée, ce qui expliquerait que les empreintes précédentes, sur le bouton tout au moins, n'aient pas été effacées…

— Va pour le bouton, mais le problème de la poignée pour l'ouverture de la porte reste entier ! fit remarquer le commissaire Kozakai d'un ton amer.

4

— Mais nous avons conclu que c'était la victime elle-même qui avait ouvert la porte ! fit remarquer l'inspecteur Morikawa.

Kozakai soupira.

— Je veux parler, bien sûr, de l'ouverture de la porte par l'assassin pour quitter l'appartement ! Le professeur

Tôdô ayant fait entrer son visiteur jusque dans la pièce du fond, j'ai du mal à imaginer qu'il ait laissé la porte ouverte…

— Et alors ?

— L'assassin s'est retrouvé devant une porte fermée ; je veux bien que l'on m'explique toutes les subtilités qui permettent de refermer une porte en la manœuvrant avec le bout du pied, mais cela ne m'explique pas comment il a pu la rouvrir sans toucher à la poignée !

L'inspecteur Seijo risqua une autre question.

— J'ai l'impression que lorsqu'on tient ce genre de poignée ronde, le pouce est sur la gauche et les autres doigts sur la droite… L'assassin n'aurait-il pas pu tourner la poignée en la serrant entre deux doigts en bas et en haut et effacer ensuite ses empreintes sans toucher aux autres ?

— Manque de chance, reprit le commissaire, si l'empreinte du pouce du professeur Tôdô est sur la gauche, celles des quatre autres doigts sont bien réparties à leurs places respectives !

— On ne va tout de même pas passer toute la nuit sur une porte à serrure semi-automatique ! murmura Morikawa. Les histoires de « chambre close », c'est bon pour les lecteurs de romans policiers et ce n'est pas cela qui va nous indiquer dans quelle direction engager notre enquête demain matin !

L'atmosphère au sein de l'équipe se fit soudain lourde et tendue.

— Et si justement, contrairement à ce que tu as dit, le professeur Tôdô avait laissé la porte ouverte pendant tout l'entretien ? L'assassin n'aurait plus eu qu'à la refermer d'un léger coup de pied et ainsi nous n'aurions plus de problème de « chambre close »…

— Mais pourquoi laisser sa porte ouverte quand on reçoit un visiteur ?

— Certaines femmes le font en l'absence de leur mari. Le professeur Tôdô avait peut-être cette habitude quand il recevait ses étudiantes. Il faudrait vérifier.

Le commissaire Kozakai regarda sa montre, pensant à un coup de téléphone. Il était presque onze heures : Kuroki, le professeur adjoint, n'était sans doute pas encore couché.

— J'ai une question un peu bizarre à vous poser, lui dit-il. Le professeur Tôdô avait-il l'habitude de laisser sa porte ouverte quand il recevait des visites ?

— Hein ?... Euh, non, au contraire...

— Comment cela, « au contraire » ?

— C'était un homme très méticuleux et très précautionneux. Je ne peux absolument pas l'imaginer laissant sa porte ouverte à tout vent pour quelque raison que ce soit.

— Ah, bon...

Le commissaire poussa à nouveau un petit soupir. Rien à faire, il s'agissait bien d'un meurtre en chambre close...

5

Dès le lendemain matin, les policiers se mirent à interroger systématiquement tous les proches de la victime (seuls les détectives de romans policiers ont le loisir de démêler tranquillement au fil des pages les meurtres en chambre close...).

Les commissaires Kozakai et Suzuki se rendirent à l'université Kyonan. La mort du professeur Tôdô y avait provoqué un véritable choc et la consternation se lisait sur tous les visages. Ils rencontrèrent d'abord un des responsables de l'administration.

— Avez-vous arrêté le coupable ? demanda-t-il en fronçant les sourcils derrière ses lunettes à monture d'argent.

Kozakai sourit.

— Pas encore ; c'est pour cela que je viens vous voir...

— Il s'agit d'un crime de cambrioleur, n'est-ce pas ? Le professeur Tôdô possédait une fortune personnelle suffisamment importante pour attiser bien des convoitises.

— Non, justement. Le professeur a lui-même fait entrer l'assassin dans l'appartement ; celui-ci s'est déchaussé dans l'entrée et a utilisé les sandales réservées aux invités [1]. Les livrets de comptes en banque et le sceau [2] ont été retrouvés à leur place dans un tiroir ; apparemment, aucune somme d'argent n'a été volée.

Le policier n'évoqua pas le problème de la porte, mais il était évident qu'un cambrioleur ordinaire prenant la fuite n'aurait pas perdu de temps à fignoler un mystère de chambre close.

— Le crime aurait donc été commis par quelqu'un que le professeur connaissait...

L'administrateur regarda son interlocuteur avec inquiétude.

— C'est, en effet, fort probable.

— Vous n'imaginez tout de même pas que l'assassin puisse être un membre de notre université ?

— Quel type d'homme était le professeur Tôdô ?

— C'était un grand professeur de sciences politiques, un chercheur de très haut niveau...

— Avait-il des ennemis ?

— Il avait sans doute des rivaux, dans le monde académique les occasions de polémiquer ne manquent pas, mais de là à imaginer qu'on ait voulu le tuer, absolument pas !

— Sa disparition libère un poste de professeur, n'est-ce pas ?

---

1. Manière habituelle au Japon.
2. Le sceau a valeur de signature.

Ce fut au tour de l'administrateur d'esquisser un léger sourire.

— En effet…

— Et qui va le remplacer ?

— Dans notre université, chaque département comprend un professeur titulaire, un professeur adjoint et un assistant. Actuellement l'adjoint du département de sciences politiques est M. Kuroki ; ses travaux et sa réputation devraient lui permettre d'être nommé professeur titulaire.

— Kuroki… murmura le commissaire.

L'homme qu'il avait rencontré la veille serait donc sans doute le successeur du professeur Tôdô…

— On m'a dit qu'il y avait une réunion du conseil de la faculté hier à trois heures.

— C'est exact.

— M. Kuroki était présent à trois heures et il est ensuite parti chercher le professeur Tôdô, mais savez-vous ce qu'il a fait dans la matinée ?

— Oui, bien sûr.

L'administrateur se retourna et sortit une fiche d'un classeur.

— Il avait cours toute la matinée.

— De quelle heure à quelle heure ?

— De neuf heures à dix heures trente et de dix heures quarante à midi dix.

— Pensez-vous qu'il ait pu s'absenter ?

— Voulez-vous dire que vous le suspectez d'être l'assassin ?

— Non, mais je dois vérifier, c'est tout.

— C'est très facile à faire.

Il fit appeler plusieurs étudiants qui suivaient les cours du professeur adjoint Kuroki et tous confirmèrent que, la veille, celui-ci n'avait à aucun moment quitté la salle de classe pendant la matinée.

Kozakai attendit que les étudiants soient ressortis pour poser une nouvelle question.

— Le professeur Tôdô avait-il quelque liaison féminine ?

— Oh non, je crois pas…

Il avait répondu d'une façon si catégorique qu'il jugea bon de se reprendre et de s'expliquer.

— Vous savez, nous formons un petit univers fermé où chacun vit sous le regard des autres, qu'il s'agisse des professeurs, des étudiants ou des membres de l'administration… Les rumeurs courent très vite sur le campus, mais je n'ai jamais rien entendu concernant la vie privée du professeur Tôdô.

— Mais il était veuf et n'avait que cinquante-trois ans ; ce genre de rumeur n'aurait rien eu d'étonnant, insista le commissaire.

— Une fois, il m'a dit qu'on le sollicitait pour un éventuel remariage [1].

— Quand vous en a-t-il parlé ?

— Peu avant les vacances d'été.

— Et qu'en est-il advenu ?

— Il m'a déclaré ensuite que c'était trop compliqué de se remarier à son âge, et nous n'avons plus jamais abordé le sujet. Je crois qu'il n'y pensait même plus…

Tout en écoutant les réponses embarrassées de l'administrateur, le commissaire pensait à l'appartement du professeur. Il n'avait pas eu l'impression d'une présence féminine ; d'ailleurs, le concierge avait déclaré qu'il n'avait jamais vu de femme entrer ou sortir de l'appartement.

— Le professeur Tôdô aimait-il boire ?

— Oui, mais sans excès.

---

1. Proposition de mariage par arrangement.

— Avait-il ses habitudes dans quelque petit bar[1] ?

— Je ne sais pas, fit l'administrateur en hochant la tête.

Kozakai le remercia, s'inclina et sortit retrouver le commissaire Suzuki qui avait enquêté sur le campus.

— La victime avait une sale réputation, fit Suzuki. C'était un grand patron dans le domaine des sciences politiques, mais il n'était pas très aimé par ses collègues, semble-t-il.

— Oui, j'ai eu la même impression en parlant avec le responsable de l'administration.

— Et ce Kuroki ? Ce ne serait pas la première fois que l'assassin découvre le cadavre…

— Il a un alibi à toute épreuve. Il avait cours toute la matinée et n'a pas quitté la salle de classe ; ses étudiants sont formels.

— On peut donc l'éliminer de la liste des suspects…

— Pour l'instant… Malgré cet indéniable mobile, c'est lui qui va sans doute succéder à son patron…

— Moi aussi, j'ai trouvé quelqu'un qui avait un mobile, fit le commissaire Suzuki.

— Un professeur dans un autre département ?

— Non, le subordonné de Kuroki, l'assistant, un dénommé Hino Natsuhiko.

— Tu veux dire que lui aussi va bénéficier d'une promotion et être nommé professeur adjoint si le poste se libère…

— Oui, mais ce n'est pas seulement cela, il y a davantage. Figure-toi que dans la faculté, l'histoire de la pensée politique est divisée en trois sections, histoire occidentale, japonaise et asiatique, comprenant chacune un professeur, un adjoint et un assistant. Quand Hino

1. La plupart des Japonais fréquentent assidûment des bars où ils ont une bouteille à leur nom.

était sur le point d'achever ses études, le poste d'adjoint du département d'histoire de la pensée politique japonaise s'est justement trouvé vacant. La rumeur disait alors qu'il allait très certainement être nommé, suivant la coutume qui veut que le meilleur des étudiants d'une promotion soit dispensé de l'étape peu glorieuse de l'assistanat. Hino est sorti, en effet, le premier de sa promotion mais sa nomination s'est heurtée à l'opposition farouche du professeur Tôdô qui lui reprochait une moyenne de quatre-vingt-quatre points, soit un point de moins que la moyenne exigée des précédents candidats à ce poste. Ses résultats étaient pourtant excellents et tout le monde savait que ce petit point manquant était dû à l'excessive sévérité d'un jeune professeur de droit commercial qui ne notait jamais une copie au-dessus de soixante-dix. Toujours est-il que, malgré la sympathie de nombreux membres du conseil, il n'a pas été nommé et a dû se contenter du poste d'assistant dans la section d'histoire de la pensée politique occidentale. Pour compenser sans doute son extrême sévérité, le professeur Tôdô lui a obtenu une bourse d'études de deux ans aux Etats-Unis, en lui laissant entendre que cela faciliterait sa nomination au poste d'adjoint à son retour. Le poste, effectivement, s'est libéré pendant son séjour à l'étranger, mais le professeur Tôdô, sans lui donner aucune explication, a choisi Kuroki, son cadet d'un an, comme adjoint !

— Très intéressant, fit Kozakai en se caressant le menton.

— Tôdô ayant cinquante-trois ans, il s'en fallait encore de dix ans pour qu'il prenne sa retraite et que Kuroki hérite de sa chaire. Cela signifiait non seulement que Hino deviendrait professeur adjoint à trente-sept ans, mais aussi qu'il le resterait toute sa vie ! Etant plus âgé que Kuroki, il n'avait aucune chance d'être un jour professeur titulaire… En général, dans ces cas-là, la seule solution est de trouver un poste dans une université de province. La disparition du patron lui permettant d'être nommé adjoint à vingt-sept ans, un brillant avenir s'ouvre à nouveau devant lui.

— Mais Kuroki reste son supérieur, cela ne change pas grand-chose !

— Pas du tout. Un jeune professeur adjoint peut très bien être appelé dans un autre département de sciences politiques dirigé par un professeur près de la retraite, ou bien obtenir un poste susceptible d'être rapidement promu. C'est impossible si l'on est un simple assistant.

— Je vois, et quel est l'alibi de ce Hino Natsuhiko ?

— Il est parti hier pour un congrès de trois jours dans le Kyushu.

— Dans le Kyushu ? Ça paraît loin, mais c'est un saut de puce en avion. La destination idéale pour donner le change après avoir commis un crime…

— Il y a sans arrêt des petits congrès dans tout le pays et celui-ci n'était pas d'une importance particulière, paraît-il. Hier, c'était le jour de réunion du conseil de la faculté et il a été le seul de l'université Kyonan à ne pas y participer.

— Bien, si nous allions lui rendre une petite visite à son domicile ? demanda Kozakai en jetant un coup d'œil à sa montre.

Il était un peu plus de dix heures du matin. Cela faisait un peu plus de vingt-quatre heures que l'on avait assassiné le professeur Tôdô.

Chicanes

1

Chisako s'étira doucement sur le lit et regarda le réveil sur la table de chevet.

Dix heures dix. Le soleil devait être déjà haut dans le ciel ; des rayons de lumière blanche pénétraient dans la chambre entre les rideaux.

Natsuhiko était bien là, endormi à son côté ; elle se mit à sourire toute seule...

Elle pensa à la violence de ses caresses pendant la nuit. Elle portait encore la marque de ses baisers sur ses seins... Epuisée de plaisir, elle resta allongée sur le dos, à contempler le plafond. Elle savourait en souriant le bonheur d'appartenir à Natsuhiko, de s'être donnée entièrement à lui... Elle ne comprenait plus l'angoisse qu'elle avait ressentie à New York et à Haneda ; comment avait-elle pu douter de lui alors qu'il venait de lui donner de telles preuves d'amour ?

Elle l'observa en train de dormir, puis se leva sans faire de bruit. Elle voulait avoir le temps de se maquiller avant qu'il se réveille.

Elle entrouvrit les rideaux ; il devait faire froid dehors, il y avait de la brume et la vitre était embuée. Elle arrangea le col de son pyjama, puis, passant dans la salle de bains, se maquilla et se coiffa rapidement.

Quand elle revint, Natsuhiko était toujours endormi et grommelait dans son sommeil comme s'il faisait un mauvais rêve. Elle se retint pour ne pas rire et alla sur la pointe des pieds prendre le journal du matin qui avait été glissé sous la porte.

Elle s'installa tranquillement sur le canapé et se mit à le parcourir en commençant par les nouvelles nationales. Arrivée à la page des faits divers, elle sursauta.

MEURTRE DU PROFESSEUR TÔDÔ
DE L'UNIVERSITÉ KYONAN

Chisako l'avait rencontré deux fois en compagnie de Natsuhiko, et celui-ci l'avait même présentée au professeur ; elle l'avait trouvé aimable, mais avec quelque chose de sévère dans le regard. Sachant que l'avenir de son « mari » dépendait en grande partie de ce puissant personnage, elle l'avait salué avec beaucoup de respect et d'humilité.

Le professeur Tôdô était mort !

Affolée, elle se précipita sur Natsuhiko pour le réveiller.

2

— Quelle heure est-il ? demanda Natsuhiko en clignant les yeux devant la lumière du jour.

— Dix heures et demie. Regarde, c'est terrible, le professeur Tôdô a été assassiné !

— Hein ? Quoi !

Il saisit brusquement le journal qu'elle lui tendait. Le menton tendrement appuyé sur son épaule, Chisako remarqua que les doigts de Natsuhiko tremblaient tandis qu'il prenait connaissance de l'article.

... le professeur portait une profonde blessure à la poitrine ; c'est le professeur adjoint Kuroki, également

de l'université Kyonan, qui a découvert le corps dans l'appartement, vers dix-sept heures hier après-midi.

S'étonnant de l'absence du professeur Tôdô qui devait normalement présider un conseil de la faculté à partir de quinze heures, le professeur adjoint Kuroki avait décidé de lui rendre visite à son appartement de la résidence Kamogawa *dans le quartier de Sakyo-ku.*

Selon les policiers, le meurtre a été commis le matin entre dix et onze heures ; aucune trace de résistance n'ayant été découverte, il est probable que la victime connaissait l'assassin.

Le professeur Tôdô était né à Kyoto en 1923. Chercheur réputé en sciences politiques, notamment pour son ouvrage Fascisme et démocratie parlementaire*, il était le candidat de la faculté de droit pour la prochaine élection du président de l'université.*

L'article était accompagné de deux photos, l'une du professeur, l'autre de l'immeuble de la résidence *Kamogawa*, avec une flèche blanche indiquant la fenêtre de son appartement au cinquième étage.

Natsuhiko posa le journal et poussa un profond soupir.

Tout en l'observant de profil, Chisako se mit à réfléchir à ce conseil de faculté mentionné dans l'article. Natsuhiko ne lui en avait pas parlé. C'était une réunion importante, même pour les assistants, surtout qu'il était question de la prochaine élection du président de l'université. Il avait pourtant préféré profiter de ce congrès dans le Kyushu pour faire un petit voyage avec elle…

Chisako se sentait à la fois heureuse et embarrassée.

— Nous devons rentrer, n'est-ce pas ? demanda-t-elle. Il la regarda, l'air étrangement absent.

— Que dis-tu ?

— Il faut rentrer à Kyoto aujourd'hui, n'est-ce pas ?

— Oui, tu as sans doute raison…

Mais il restait allongé sur le lit, les yeux fixés sur le plafond.

Chisako n'avait pas l'habitude de le voir aussi irrésolu. A l'annonce de la mort de son professeur, il aurait dû normalement se précipiter sur ses bagages et rentrer immédiatement à Kyoto, mais quelque chose semblait le retenir. Peut-être était-ce à cause d'elle : il l'avait fait venir dans le Kyushu et elle était restée enfermée tout le temps dans la chambre d'hôtel. Aujourd'hui, ils avaient prévu d'aller visiter Unzen et il était sans doute gêné de ne pas pouvoir tenir sa promesse.

— Je suis très heureuse que tu m'aies emmenée, lui dit-elle. Nous avons pris l'avion, j'ai vu le port de Hakata hier soir et nous avons passé la nuit dans ce grand hôtel. Cela me suffit, tu sais. Rentrons à Kyoto.

Natsuhiko n'avait toujours pas l'air décidé ; il resta un moment sans rien dire, puis murmura comme pour se convaincre lui-même :

— Rentrons…

Ils firent rapidement leurs bagages et prirent un taxi jusqu'à l'aéroport de Fukuoka.

Toutes les places étant réservées, ils furent inscrits sur la liste d'attente et n'arrivèrent à Kyoto, *via* l'aéroport d'Osaka, qu'en soirée.

— Je file à l'université, lui dit-il.

Chisako prit le train pour Uji ; une fois assise, elle déplia le journal du soir qu'elle avait acheté dans la gare de Kyoto. Le meurtre du professeur Tôdô faisait les gros titres de la page des faits divers. On n'avait pas encore retrouvé l'assassin et le journaliste évoquait un éventuel mystère de « meurtre en chambre close » ; Chisako se demanda ce que signifiait cette expression.

De la gare d'Uji, elle se dirigea vers l'appartement de Natsuhiko. Pensant au choc que lui avait causé la nouvelle le matin, elle avait décidé de l'y attendre.

Au moment où elle sortait sa clé de son sac, quelqu'un lui tapa sur l'épaule. Elle se retourna en sursautant : un homme d'une quarantaine d'années, imposant, la dévisageait. Elle eut un mouvement de recul instinctif, mais l'homme sourit.

— Commissaire Kozakai, de Kyoto, dit-il en présentant sa carte de police.

Chisako se sentit à la fois soulagée et saisie d'une nouvelle inquiétude. Que faisait le policier embusqué devant l'appartement ?

Elle restait sans rien dire ; le commissaire toussota avant de lui demander si Natsuhiko Hino habitait bien ici.

— Oui.

— Vous êtes sa fiancée, mademoiselle Chisako Tanaka, n'est-ce pas ?

— Oui…

— Où est-il ? On m'a dit que vous étiez partis en voyage ensemble.

— Pourquoi me posez-vous toutes ces questions ? répliqua Chisako tout en sentant sourdre en elle une sombre angoisse.

Le commissaire toussa à nouveau.

— Excusez-moi, je suis enrhumé. Savez-vous que le professeur Tôdô a été assassiné ?

— Oui, je l'ai lu dans le journal.

— Pendant votre voyage ?

— Oui.

— M. Hino était-il avec vous ?

— Oui, mais que voulez-vous savoir exactement ?

— Il s'agit d'une simple vérification.

— Est-ce que vous le soupçonnez ?

Elle était blême ; le commissaire secoua légèrement la tête.

— Je n'ai pas dit cela, mais je vous serais très reconnaissant si vous me répondiez avec la plus grande franchise.

Derrière la politesse du policier, elle sentait une fermeté implacable ; si elle hésitait à répondre, nul doute qu'il commencerait à suspecter Natsuhiko.

— Hier, nous sommes allés ensemble à Fukuoka, lui dit-elle en redressant la tête.

— A quelle heure êtes-vous partis ?

— Vers sept heures. Nous sommes arrivés à Fukuoka à neuf heures cinquante. Nous sommes allés directement à l'hôtel, puis Natsuhiko s'est rendu à son congrès.

— A quelle heure êtes-vous arrivés à l'hôtel ?

— Sans doute vers dix heures vingt.

— Comment s'appelle cet hôtel ?

— Nous sommes descendus au *Fukuoka Shin Kanko Hotel*, dit Chisako en sortant de son sac le dépliant qu'on lui avait remis à la réception.

Le commissaire y jeta un bref coup d'œil.

— Et où se trouve M. Hino en ce moment ?

— Il est allé à l'université ; nous nous sommes quittés à la gare de Kyoto. Y a-t-il quelque chose d'anormal ? demanda-t-elle sur un ton de défi.

Le commissaire Kozakai cligna des paupières.

— Hum… fit-il sans s'engager.

Chisako était partagée entre la colère et l'inquiétude.

— Mais pourquoi la police le soupçonne-t-elle ? répéta-t-elle en haussant la voix.

— Rassurez-vous, il n'est pas le seul suspect.

— Mais vous le soupçonnez quand même ! Pourquoi aurait-il tué son professeur ? Cela n'a pas de sens !

— Pourtant on dit qu'il ne le portait pas dans son cœur…

Le commissaire parlait lentement, en pesant ses mots. Chisako se raidit.

— C'est faux. Il l'admirait beaucoup.

— M. Hino est rentré récemment d'un séjour d'études de deux ans aux Etats-Unis, n'est-ce pas ?

— Oui, mais je ne vois pas le rapport.

— Vous savez qu'il est assistant, mais vous a-t-il expliqué qu'il ne pourrait jamais devenir professeur adjoint ?

Chisako écouta bouche bée le commissaire lui raconter comment le professeur Tôdô avait empêché la nomination de Natsuhiko pour un seul petit point et comment, après lui avoir laissé espérer un autre poste, il avait nommé le jeune Kuroki à sa place durant son absence. Il fallait attendre que le professeur Tôdô prenne sa retraite, dans dix ans, pour avoir la moindre chance d'une hypothétique promotion…

Chisako restait muette. Ce que lui apprenait le commissaire Kozakai était entièrement nouveau pour elle. Elle savait, bien sûr, que Natsuhiko était parti aux Etats-Unis avec l'espoir d'obtenir rapidement un poste de professeur adjoint, mais, même depuis son retour, elle ne l'avait jamais entendu se plaindre du professeur Tôdô. Il lui avait simplement annoncé en riant qu'il resterait encore quelque temps assistant, mais que sa nomination n'était que partie remise.

— N'étiez-vous pas au courant ? demanda le commissaire.

Chisako se rebiffa.

— C'est faux de dire qu'il détestait le professeur Tôdô ! Et puis, de toute façon, il a un alibi : comme je viens de vous le dire, hier, nous étions ensemble à Fukuoka. Vous pouvez très facilement vérifier auprès de l'hôtel et des organisateurs du congrès…

— C'est ce que nous allons faire, dit le commissaire, imperturbable.

Il la salua et s'éloigna.

Dès que sa haute silhouette eut disparu, Chisako sentit toutes ses forces l'abandonner. Elle ouvrit la porte, entra et s'assit lourdement au milieu de la pièce. Les paroles du commissaire tournoyaient dans sa tête. Etait-il vrai que Natsuhiko détestait le professeur Tôdô ? Et que signifiaient toutes ces histoires de poste de professeur adjoint ? Bien sûr, elle savait que ce n'était pas lui le coupable puisqu'ils étaient ensemble la veille, mais elle ne pouvait s'empêcher de ressentir une étrange inquiétude.

Et elle avait peur d'elle-même, car cette angoisse lui rappelait trop celle qu'elle avait ressentie sous la pluie à l'aéroport international de Tokyo.

Il faisait froid ; elle se pencha et alluma le radiateur à gaz.

Le policier était allé à l'université Kyonan trouver Natsuhiko pour lui faire subir un interrogatoire, elle en était sûre. Ce dernier rentrerait épuisé et énervé.

Je vais l'attendre et le réconforter, se dit-elle.

Elle fit couler l'eau du bain [1] et décida de lui préparer des pâtés de soja dans du bouillon bien chaud. Le frigidaire était vide ; elle sortit faire quelques commissions dans le quartier et sentit que le simple fait de bouger lui faisait du bien. Son angoisse avait presque disparu.

Le bain et le dîner étaient prêts, mais Natsuhiko ne revenait toujours pas. Les idées noires refirent surface et elle attendit fébrilement, passant son temps à allumer et à éteindre le radiateur à gaz.

Quand il rentra enfin, il était presque dix heures du soir. Il sursauta d'abord en voyant qu'elle était là, puis sourit.

— Merci.

Chisako sut alors qu'elle avait eu raison de rester à l'attendre. Elle allait rallumer le radiateur, mais Natsuhiko l'arrêta.

---

1. Une fois prêt, le bain japonais, chauffé au gaz, reste chaud toute la soirée.

— Viens plutôt près de moi, dit-il. Je veux voir ton visage.

— Pourquoi ?

— Parce que j'ai vu trop de visages déplaisants à l'université. Laisse-moi te regarder…

— Quels visages déplaisants ?

— Un certain commissaire Kozakai. Il m'a dit qu'il t'avait aussi rencontrée.

La simple évocation du commissaire suffit pour raviver l'inquiétude de Chisako.

— Que t'a-t-il demandé ?

Natsuhiko fronça les sourcils.

— Il avait l'air persuadé que c'était moi qui avais tué le professeur Tôdô. Heureusement que j'étais avec toi à Fukuoka à l'heure du crime, sinon il était capable de m'arrêter sur-le-champ comme suspect ! D'ailleurs, il n'a commencé à me croire qu'après avoir reçu la confirmation de mes déclarations.

— Moi aussi, je lui ai dit que nous étions à Fukuoka ensemble.

— Les témoignages des proches ne comptent pas. Quand il a vu que l'agence de voyages, la réception de l'hôtel et les organisateurs du congrès confirmaient mes dires, il a eu l'air plutôt embêté !

Le visage de Natsuhiko s'éclaira d'un petit sourire qui libéra Chisako de toute son angoisse. Elle se retint de lui demander ce qu'il pensait vraiment du professeur Tôdô.

Natsuhiko prit ses baguettes et se mit à manger les pâtés de soja tout en la regardant droit dans les yeux.

— Ce n'est pas particulièrement agréable d'être suspecté de meurtre par la police, mais ne t'inquiète pas, tout va s'arranger et peut-être même très bien s'arranger.

— Comment cela ?

— C'est simple, fit-il en riant, la mort de Tôdô va libérer le poste de professeur titulaire… Il suffit que le professeur adjoint le remplace pour que, à son tour, son poste se libère…

Il était à la fois gêné et surexcité ; Chisako écarquilla les yeux.

— Tu vas donc être nommé professeur adjoint ?

— Je ne devrais pas y penser étant donné les circonstances, mais c'est fort probable. Aujourd'hui, à l'université, on ne parlait que de cela, à mi-voix, bien entendu. Tu trouves que c'est un peu choquant, n'est-ce pas ?

— Non, je suis très heureuse pour toi.

Chisako n'attachait pas une grande importance à la carrière de Natsuhiko ; s'il n'avait tenu qu'à elle, il aurait pu rester assistant toute sa vie, mais elle savait qu'il tenait à cette promotion. C'était pour cela qu'il était parti aux Etats-Unis et qu'ils avaient été séparés pendant deux ans.

Natsuhiko posa ses baguettes, allongea doucement le bras et serra la main de Chisako.

Les doigts du jeune homme étaient étrangement glacés.

3

Les funérailles du professeur Tôdô eurent lieu dans le temple Honen.

Situé à l'est du chemin de la Philosophie [1], c'est un temple célèbre où l'on peut voir la tombe de Tanizaki Junichiro [2].

Durant sa brillante carrière dans le domaine des sciences politiques, le professeur, chercheur et homme public à la fois, avait eu de nombreuses relations ; une

1. Célèbre lieu de promenade dans le quartier de Sakyo-ku à Kyoto.

2. Auteur, entre autres, d'*Eloge de l'ombre* et du roman *Quatre sœurs*.

foule importante, composée de politiciens et de représentants du monde des affaires, assistait à la cérémonie. Une atmosphère de recueillement et de stupeur face à la mort si soudaine du professeur régnait dans l'enceinte du temple, tandis qu'à l'extérieur une noria d'estafettes munies de haut-parleurs diffusaient les slogans criards de la campagne électorale.

En tant que proche disciple du maître, Natsuhiko se tenait à la réception pour accueillir les personnalités et les autres visiteurs.

Vêtue d'une robe noire, Chisako se mit dans la file pour offrir un bâtonnet d'encens à la mémoire du défunt. Natsuhiko et elle n'étaient pas encore mariés, mais elle s'attribuait déjà les obligations d'une épouse. Elle n'éprouvait aucun sentiment particulier pour le professeur Tôdô ; à dire vrai, elle ne le connaissait pratiquement pas et assistait à la fastueuse cérémonie avec un grand détachement. Les funérailles étaient imposantes. Elle y voyait la preuve du pouvoir que détenait un professeur titulaire. Un jour, pensa-t-elle, Natsuhiko aussi sera un grand professeur.

Le professeur adjoint Kuroki lisait l'éloge funèbre.

Chisako s'était placée dans un coin au fond de la salle quand soudain elle surprit la conversation de deux personnes qui chuchotaient devant elle.

— La promotion de Kuroki est assurée, n'est-ce pas ?

— Oui, c'est lui le premier bénéficiaire de la mort du grand patron…

— Il paraît d'ailleurs que la police le considère comme l'un des suspects.

— Vraiment ?

— Oui, mais il a un alibi !

— J'en connais un qui doit le regretter… Si Kuroki était inculpé de meurtre, son poste se libérerait également… Deux postes vacants d'un coup…

— Quelle aubaine pour l'actuel assistant !...

Ne pouvant en supporter davantage, Chisako changea de place.

En se retournant, elle aperçut le commissaire Kozakai sur le côté de la salle et sentit son cœur se serrer. Natsuhiko avait beau avoir un alibi qui le mettait à l'abri des soupçons, la simple vue du policier la troublait. Elle se demanda si tout le monde réagissait de la même manière...

Le commissaire lui fit soudain un petit sourire ; elle détourna aussitôt les yeux, mais il s'arrangea pour se rapprocher d'elle. Pour ne pas donner l'impression d'avoir peur, elle préféra passer à l'attaque.

— Avez-vous trouvé l'assassin ? lui demanda-t-elle.

— Pas encore, hélas... L'enquête s'annonce plutôt difficile.

— Vous avez au moins compris que ce n'était pas lui le coupable.

— Oui, de nombreux témoins ont confirmé que votre fiancé était bien présent au congrès toute la matinée. Excusez-moi de vous avoir importunée avec toutes mes questions...

En le voyant s'incliner poliment, Chisako se sentit d'un seul coup soulagée.

— Mais, poursuivit le commissaire sur un ton de conversation anodine, je ne comprends pas pourquoi il a choisi de manquer un conseil de faculté aussi important. Avez-vous une idée ?

— Il n'est encore qu'assistant, répliqua-t-elle d'un air pincé.

— Oui, mais justement, à l'université Kyonan, depuis les années de contestation, tous les enseignants, y compris les assistants et les chargés de cours, ont le droit de participer au conseil de la faculté. M. Hino était le seul absent à une réunion aussi importante que le choix du candidat à la présidence de l'université. J'ai vérifié la feuille de présence...

Chisako ne répondit rien.

Elle-même s'était posé la question. Pourquoi Natsuhiko avait-il choisi d'aller dans le Kyushu ? Mais elle s'était aussi forgé une réponse rassurante : il avait éprouvé le besoin d'une petite escapade à deux, « en amoureux », et estimé que c'était plus important que le conseil de la faculté !

Elle comprenait qu'il avait sans doute aussi une autre raison de ne pas vouloir assister au conseil ; son cadet avait été nommé professeur adjoint et ce devait être une épreuve insupportable pour Natsuhiko que d'être relégué devant tout le monde dans la travée des assistants...

Elle s'écarta du commissaire et décida de rentrer chez elle.

4

Le 25 octobre était le jour des élections générales.

Chisako ne s'intéressait pas vraiment au scrutin, mais comme Natsuhiko lui avait demandé si elle irait voter, elle avait répondu « oui » à condition qu'ils y aillent ensemble.

Le dimanche, il était chez elle et lui avait annoncé en riant qu'il n'avait pas fait renouveler sa carte d'électeur.

— J'aurais dû t'y faire penser, dit-elle en souriant.

S'il ne pouvait pas voter, elle n'avait guère envie de sortir toute seule. Elle se glissa à son côté dans le *kotatstu* [1].

1. Table basse munie d'un petit chauffage et d'une couverture. Très efficace pour chauffer la moitié inférieure du corps et continuer à geler dans le dos.

« N'oubliez pas d'aller voter ! » hurla le haut-parleur d'une voiture officielle de l'administration en passant sous les fenêtres.

— A propos d'élections, dit-elle, j'ai l'impression que les candidats à la présidence de l'université font des suspects aussi valables que toi ou Kuroki.

Natstuhiko sourit.

— Le futur président sera très certainement le professeur Sawada, un médecin. La faculté de médecine dispose de plus de voix que la faculté de droit, et, de plus, ils sont soutenus par la faculté d'agronomie ; le résultat du scrutin ne fait aucun doute ! Tôdô n'avait aucune chance. Le seul intérêt était de voir combien il pouvait réunir de voix. Le commissaire Kozakai a dû lui aussi se renseigner et c'est pourquoi il n'a pas mené l'enquête dans cette direction.

Comme pour rompre le silence, Natsuhiko alluma la télévision.

Le journal de la mi-journée était consacré aux élections. En général, ils ne regardaient jamais la télévision quand ils étaient ensemble, mais comme Natsuhiko enseignait les sciences politiques, il était normal que le sujet l'intéresse.

Chisako se mit à suivre elle aussi les informations.

A part le Hokkaido où il neigeait, il faisait un temps splendide dans tout le pays et les élections se déroulaient normalement. Dès la fin du journal, Natsuhiko éteignit brusquement le poste.

— Cela te fait plaisir de retrouver la politique japonaise après deux ans en Amérique ? fit Chisako en essayant de l'amadouer.

Elle voulait également éviter de toujours parler du professeur Tôdô.

— Oui, c'est vrai…

Il répondit sans conviction et se tut. Cela ne lui ressemble pas, pensa-t-elle. Autrefois, il suffisait d'amener la conversation sur la politique pour qu'il se montre intarissable.

— Je ne suis pas une interlocutrice valable à tes yeux, plaisanta-t-elle.

— Bien au contraire ! répliqua-t-il aussitôt.

Il se mit à critiquer le système des partis, mais Chisako, tout en n'y comprenant pas grand-chose, sentait qu'il n'était pas vraiment captivé par son sujet. Il lui donnait l'impression d'avoir l'esprit ailleurs tout en faisant des efforts pour lui parler. Au moment du flash d'informations, il ralluma la télévision, pour l'éteindre aussitôt après les nouvelles concernant les élections.

Il était clair que le scrutin d'aujourd'hui le passionnait, mais il faisait preuve d'une fébrilité qui semblait sans rapport avec ses patientes études de chercheur en sciences politiques.

Le soir arriva. A partir de vingt et une heures, les premiers tableaux donnant les résultats des dépouillements de province commencèrent à se succéder sur l'écran. Natsuhiko restait planté devant la télévision, apparemment incapable de s'en détacher.

Soudain, elle le vit tressaillir et redoubler d'attention.

On donnait les résultats de la préfecture de Kochi sur l'île du Shikoku. Les deux circonscriptions ne présentaient aucun intérêt particulier : elles étaient le fief de deux politiciens, l'un conservateur, l'autre réformateur, régulièrement réélus depuis des années. Cette fois-ci encore, il s'agissait d'un vote sans surprise et le tableau affichait le succès des deux candidats. Pourquoi Natsuhiko avait-il réagi à cette information qui ne présentait théoriquement aucun intérêt ?

Au bout de quelques minutes, alors que l'émission n'était même pas encore terminée, il arrêta la télévision et détourna la tête.

Chisako le regarda sans comprendre.

A sa connaissance, Natsuhiko n'avait aucun lien avec le Shikoku ; il était né à Tokyo et avait déménagé à Kyoto quand il était lycéen à cause du travail de son père.

Il restait silencieux, le visage sombre ; Chisako se sentit envahie d'une profonde tristesse.

5

Les élections s'étaient conclues comme d'habitude par la victoire du parti conservateur. L'indifférence avec laquelle Natsuhiko accueillait ce résultat, conforme d'ailleurs à toutes les prévisions, acheva de convaincre Chisako que c'était autre chose, lié à la préfecture de Kochi, qui l'intéressait.

Le lendemain matin, en ouvrant le journal, son regard se porta naturellement sur les résultats du Shikoku.

Non seulement les deux politiciens avaient retrouvé leurs sièges mais ils avaient chacun remporté une victoire écrasante. Les résultats définitifs laissaient apparaître la déroute complète des candidats non inscrits qui s'étaient présentés contre eux. Le journal soulignait brièvement leur éclatant succès, laissant sous-entendre que la lutte lors des précédentes élections avait été plus sévère.

Chisako avait beau relire ces quelques lignes, elle ne comprenait pas pourquoi Natsuhiko avait tressailli la veille devant la télévision.

L'université Kyonan avait officiellement déclaré vacant le poste du professeur Tôdô, et, comme prévu, l'adjoint Kuroki avait été nommé professeur titulaire, permettant ainsi à Natsuhiko d'être lui-même promu professeur adjoint.

Les décisions avaient été extrêmement rapides, la faculté voulant sans doute couper court à toutes sortes de spéculations alors que le meurtrier n'avait pas encore été retrouvé.

Natsuhiko avait aussitôt téléphoné à Chisako, qui avait saisi là l'occasion d'oublier l'attitude étrange de son fiancé devant la télévision.

— Il faut fêter cela dès ce soir ! avait-elle conclu joyeusement.

Ils se retrouvèrent autour d'un petit festin « à deux » dans l'appartement de Natsuhiko. Réfrénant toutes les questions qui lui brûlaient les lèvres, Chisako avait décidé de profiter pleinement de la soirée. Ils dînaient aux chandelles et avaient ouvert une bouteille de champagne.

Légèrement ivre, elle s'abandonnait à une sensation de bien-être, comme si aucune ombre ne planait sur leur bonheur.

— J'ai enfin franchi la première étape, dit Natsuhiko en souriant.

— Tu vois, cela valait la peine de partir deux ans aux Etats-Unis.

— Oui, sans doute…

— Sans aucun doute ! reprit-elle.

Natsuhiko avait vingt-sept ans. Etre nommé si jeune professeur adjoint dans une université comme Kyonan était un brillant début de carrière. Certes, cette nomination était due à la disparition du professeur Tôdô, mais nul n'y pouvait rien alors que le poste de professeur adjoint était bien réel. Certains restaient assistants toute leur vie tandis que d'autres s'exilaient dans quelque petite université de province. La chance leur avait souri : ils ne seraient pas obligés de quitter Kyoto…

— Si nous dansions ? proposa soudain Natsuhiko. Ils allumèrent la radio et dansèrent tendrement enlacés. Chisako était heureuse.

6

Pour le commissaire Kozakai, l'enquête butait sur deux points.

Tout d'abord, le mystère de la chambre close. Malgré ses réticences à envisager l'affaire sous cet angle, il devait reconnaître qu'il ne trouvait pas de solution à cette énigme. Il aurait fallu pouvoir prouver que le professeur Tôdô avait reçu le meurtrier en laissant la porte de son appartement ouverte…

Si le visiteur lui avait paru suspect au point de ne pas refermer la porte, pourquoi l'avait-il introduit jusque dans la chambre du fond ?

Enfin, malgré toute une série d'indices, l'identité du meurtrier lui échappait complètement. Pourtant, au début, il avait cru que l'affaire serait facile ; la victime ayant été poignardée chez elle en plein milieu d'une conversation sans offrir de résistance, il était probable que le meurtrier était un de ses familiers, d'autant que rien n'ayant été volé, on pouvait exclure l'hypothèse d'un crime crapuleux. Il s'était dit qu'en passant au peigne fin les relations du professeur Tôdô, il finirait bien par démasquer le coupable.

Or, l'enquête piétinait et il n'arrivait pas à mettre la main sur un véritable suspect.

Il avait, bien sûr, épluché dans leurs moindres détails les emplois du temps de Kuroki et de Hino, sans trouver la moindre faille. Tous les témoignages concordaient : au moment du crime, Kuroki était en cours et Hino assistait au congrès. Et pourtant, Kuroki était devenu professeur titulaire et Hino professeur adjoint…

Ces alibis avaient quelque chose de trop simple, d'incontournable, et le commissaire en était même venu à se demander s'il n'y avait pas eu une erreur d'analyse quant à l'heure du meurtre. On avait repris l'enquête sur ce point et il était apparu que deux témoins avaient vu le professeur Tôdô jeter un sac poubelle dans le vide-ordures à l'étage peu avant dix heures. D'autre part, un éditeur lui avait téléphoné vers onze heures sans obtenir de réponse. Les résultats de l'autopsie fixant le décès entre dix et onze heures se trouvaient donc confirmés.

Quant au cercle des relations de la victime, si l'on y ajoutait ses étudiants, il formait un vaste ensemble des plus complexe.

Pour le commissaire Kozakai et la brigade criminelle du commissariat de Shimogawa, une longue et pénible période commençait.

7

Le 10 décembre.

— Je t'invite au restaurant ce soir pour te remercier, lui avait dit Natsuhiko.

Il s'était en effet aperçu qu'il avait oublié un feuillet d'un article qu'il venait de remettre à l'imprimeur pour la revue de l'université. Ne voulant pas manquer le premier conseil de faculté depuis sa promotion, il lui avait demandé d'aller le chercher chez lui.

— Tu le trouveras sans doute quelque part près de mon bureau…

Il voulait, certes, la remercier pour ce petit service qu'elle lui avait rendu, mais Chisako savait qu'il voulait également inaugurer sa nouvelle vie de professeur adjoint en l'invitant dans un restaurant élégant.

Il lui avait donné rendez-vous à l'hôtel *New Kyoto*. Quand elle entra dans le hall de réception, vêtue d'une robe longue à motifs fleuris, Natsuhiko était déjà là. Il avait réservé une table dans le restaurant panoramique au dernier étage. La vue sur la ville et ses lumières était magnifique.

— Grâce à toi, mon article pourra être imprimé à temps ; heureusement que tu as la clé de mon appartement !

Chisako respirait le bonheur. Depuis quelque temps, elle avait retrouvé le Natsuhiko d'avant le départ pour l'Amérique ; il était redevenu le garçon aimable et sensible qui savait lui donner des preuves de son amour.

Ce soir, il était particulièrement de bonne humeur, et il lui fit, non sans fierté, le récit de son premier conseil de faculté au rang de professeur adjoint.

— Je pensais rester tranquille dans mon coin sans rien dire, mais le professeur Kumada qui présidait la séance s'est tourné vers moi et m'a demandé mon avis sur la question à l'étude. J'ai eu ainsi l'occasion de prendre la parole devant tout le monde

— Tu n'étais pas trop intimidé ?

— Si, un peu. Mais j'ai appris à parler en public aux Etats-Unis…

— Quelles ont été les réactions ?

— Je suis resté assez prudent car mon opinion était complètement opposée à celle d'Ota, un autre professeur adjoint un peu plus âgé que moi.

— Le monde universitaire est resté très féodal.

— Oui, c'est pourquoi, de temps en temps, il a des velléités révolutionnaires. En tout cas, aujourd'hui, je crois que mon point de vue a été particulièrement bien reçu. Le président de séance a dit qu'il fallait profiter de mon expérience toute récente des Etats-Unis !

En sortant de l'hôtel, Natsuhiko passa tendrement la main autour de la taille de Chisako, en véritable amoureux.

— Que dirais-tu de passer chez moi ? lui glissa-t-il à l'oreille avec un peu de timidité dans la voix.

A peine la porte de son appartement refermée, il la serra contre lui et chercha ses lèvres. Elle lui rendit son baiser.

Ils enlevèrent leurs chaussures et entrèrent dans le salon.

— Je vais me changer, dit-il, j'ai hâte de me débarrasser de ma cravate et de mon costume…

Il entra dans sa chambre et aussitôt Chisako l'entendit pousser un cri de surprise.

— Qu'y a-t-il ? demanda-t-elle en se levant de sa chaise.

Le visage écarlate, Natsuhiko regardait un porte-clés représentant un petit Noir américain en bois sculpté posé sur son bureau.

— Euh… rien…

Sa bonne humeur avait disparu. Il alluma fébrilement une cigarette.

— Qui a mis ça ici ? Est-ce toi ?

Il y avait quelque chose de dur et de crispé dans sa voix.

— Oui… En cherchant ton article à midi, j'ai bousculé le sac qui était sous ton bureau, et le porte-clés a roulé par terre.

— Pourquoi ne l'as-tu pas remis dans le sac ?

— Excuse-moi… je l'ai trouvé mignon et exotique, j'ai pensé que cela te rappellerait ton séjour aux Etats-Unis et l'ai posé bien en évidence sur ton bureau…

— Ah bon… grommela-t-il en remettant le porte-clés dans le sac d'un geste brusque.

Chisako restait abasourdie devant la réaction de Natsuhiko ; pourquoi se mettait-il en colère à propos d'une babiole ? Elle avait renversé le sac en ramassant les feuillets éparpillés sous le bureau et le porte-clés avait roulé par terre, c'était tout. La figurine en bois, *made in USA*, représentait un petit Noir dont le gros ventre abritait un coupe-ongles et un couteau miniature. Il était clair que c'était un souvenir ramené d'Amérique. Elle avait alors pensé qu'il avait tout simplement oublié de l'ajouter à la collection qu'il avait rassemblée pour elle. Mais son ami, au lieu de le lui offrir en souriant, restait silencieux et renfrogné.

La soirée semblait définitivement gâchée…

Prenant soudain conscience de son attitude, il se tourna vers elle.

— Excuse-moi, dit-il, mais ce porte-clés me rappelle un mauvais souvenir…

Puis il resta quelques secondes le regard fixé dans le vide, comme pour oublier.

Que signifiait cette colère à propos d'un porte-clés ? Etait-ce parce que la figurine représentait un Noir ?

Chisako se souvint qu'il n'y avait aucun Noir ni aucune vue sur Harlem parmi ses nombreuses diapositives d'Amérique, alors que le problème racial le passionnait. Y avait-il un lien avec ce porte-clés ? Quelque chose lui était arrivé pendant son séjour qui l'avait fait changer…

Mais quoi ?

Chisako avait envie de lui hurler la question qui lui brûlait les lèvres.

Elle voulait mettre fin à cette suite de faux-fuyants et de réponses évasives, mais en même temps elle avait peur et ne voulait pas risquer de compromettre définitivement ses relations avec Natsuhiko.

Celui-ci la regarda avec des yeux durs comme s'il lisait dans son cœur.

— Es-tu fâchée ? lui demanda-t-il à voix basse.

— Je ne suis pas fâchée, mais je voudrais comprendre…

Elle sentit qu'elle allait pleurer.

— Je ne comprends pas pourquoi tu t'es mis en colère contre moi, poursuivit-elle. C'est dur et triste de ne pas comprendre…

— Tu me détestes…

Elle se mordit les lèvres. Se mettrait-elle dans un état pareil si elle le détestait ?

Natsuhiko resta un moment silencieux, puis posa sa main sur l'épaule de Chisako.

— Ne parlons pas de cela aujourd'hui…

— …

— Je sais bien que ce n'est pas gentil, mais je te demande de ne pas me poser de questions, pas aujourd'hui en tout cas…

— Si tu me le demandes, tu sais bien que je n'insisterai pas… Il n'y a qu'une chose que je veux savoir…

— Laquelle ?

— Est-ce que tu m'aimes ? Est-ce que tu m'aimes vraiment ?…

— Bien sûr, dit-il en accentuant la pression de sa main sur son épaule et en l'attirant contre lui.

Ils roulèrent sur les tatamis. Chisako ferma les yeux tandis qu'il prenait ses lèvres avec violence.

Je l'aime… se répéta-t-elle sans savoir elle-même si cette certitude était ou non l'annonce d'un véritable bonheur.

*

Le même jour, à Tokyo, une femme mourait, assassinée.

La deuxième victime

1

Dans le quartier chic de Ginza, un bar original porte un nom français, *Laforêt*, directement traduit du nom de la patronne, la fameuse Mme Mahoko Hayashi [1]. Ce bar a une particularité : les jeunes serveuses ne se contentent pas de servir à boire aux clients, elles chantent également à la demande et possèdent un vaste répertoire qui s'étend des chants de l'ancienne armée japonaise jusqu'aux *folk-songs* modernes.

Mahoko Hayashi avait eu l'idée de lier ainsi son bar et la chanson parce qu'elle était elle-même une célèbre parolière de chansons à la mode et que ce système lui permettait de pratiquer des tarifs à la hauteur de sa réputation.

A la différence des autres bars, il n'y avait pas de véritables hôtesses à *Laforêt*. Les filles étaient divisées en deux équipes de six se relayant tout le long de la soirée. Quand l'une des équipes chantait, l'autre tenait compagnie aux clients dans la salle. Elles avaient entre dix-sept et vingt ans et n'appartenaient pas vraiment au monde un peu louche des bars : elles étaient engagées pour leur enthousiasme à chanter et c'était cette fraîcheur

1. *Hayashi* en japonais signifie « forêt ».

qui plaisait aux gens et faisait le succès du lieu. A dire vrai, Mahoko Hayashi les exploitait d'une façon éhontée, comme aucune patronne de Ginza n'aurait pu le faire, mais les filles acceptaient sans rechigner un salaire de misère car elles savaient qu'en se produisant à *Laforêt*, elles pouvaient avoir la chance d'être remarquées par des professionnels du monde de la chanson.

Mme Hayashi ne se privait d'ailleurs pas d'insister sur ce point quand elle les recrutait. De nombreux directeurs de maisons de disques, des compositeurs et des chanteurs fréquentaient, en effet, son établissement, et il était également exact qu'une chanteuse assez connue avait débuté dans le « chœur » des filles de *Laforêt*... Ceci dit, le bar avait avant tout pour vocation d'être un club à succès, et de ce point de vue, c'était une parfaite réussite. Mahoko Hayashi était un nom connu et son bar permettait à une clientèle d'hommes aisés entre deux âges de se retrouver tranquillement autour de leurs rengaines favorites. Partant de l'idée que les jeunes avaient leurs cafés et leurs concerts alors que les adultes devaient se contenter de regarder leurs vedettes préférées à la télévision, Mme Hayashi avait visé et trouvé une clientèle d'hommes mûrs, prêts à payer le prix fort pour se retrouver autour des chansons de leur génération dans un cadre vivant et sympathique.

Les cadres supérieurs de grandes entreprises, qui formaient la majorité de la clientèle, étaient très friands des anciens chants militaires qui avaient bercé leur jeunesse. Le spectacle des six jeunes filles en minijupe, chantant en chœur ces airs martiaux et montrant leurs cuisses, avait quelque chose d'étrangement érotique.

Peut-être était-ce là, d'ailleurs, la vraie raison du succès de *Laforêt*.

2

Le soir du 10 décembre, comme chaque soir, les clients commencèrent à arriver à partir de dix-neuf heures.

Une épaisse moquette rouge couvrait entièrement le sol et les tables étaient installées autour d'une scène circulaire légèrement surélevée. Un homme d'une soixantaine d'années, qui avait fait partie autrefois, disait-on, d'un célèbre orchestre symphonique, accompagnait les chanteuses au piano ; connaissant apparemment le répertoire sur le bout des doigts, il jouait sans partition et n'était jamais pris en défaut.

Alignées en rang d'oignons et vêtues d'uniformes de majorettes très raccourcis, les six jeunes filles chantaient à l'unisson le *Chant de l'escadrille des Aigles* réclamé par un groupe d'employés de banque.

Swinguée sur un rythme de « go-go » endiablé, l'interprétation de l'ancienne chanson militariste était assez surréelle, mais correspondait manifestement à l'attente d'un public fatigué par de longues journées de bureau et livré à la douce euphorie de longues rasades de whisky.

Chaque client recevait à son arrivée un petit carton, sur lequel il pouvait inscrire le titre de la chanson qu'il souhaitait entendre. Outre les anciens airs de régiment, on demandait souvent *Mon amour, mon amour*, une chanson récente écrite par la patronne et qui figurait au palmarès des dix meilleurs succès du mois.

Vers vingt et une heures, Mme Hayashi fit son apparition, passant de table en table et échangeant un petit mot gentil ou une plaisanterie avec chacun. Les journalistes, les musiciens et les cadres des maisons de disques arrivaient une fois passée la première vague des *salary-men* des grandes entreprises. A plusieurs reprises, on lui offrit un verre, qu'elle acceptait volontiers avec un sourire. Très fière de tenir l'alcool mieux que personne, elle buvait ainsi chaque soir, sans sourciller, une quantité impressionnante de whiskies.

Aujourd'hui aussi, affable et souriante comme toujours, elle régnait sur son petit monde. Le chœur était en train de chanter *Mon amour, mon amour*.

— Est-il vrai que cette chanson vous a déjà rapporté dix millions de yens ? demanda un client.

— Mais non, pas tant que cela ! répondit-elle en riant.

Elle prit ensuite un whisky allongé d'eau que lui tendait un client, en but une longue gorgée et passa à une autre table, s'asseyant à côté du compositeur Jun Asabuki qui venait d'arriver.

— Bonsoir, lui dit-elle.

Avant même qu'il ait eu le temps de lui répondre, elle s'affaissa contre lui, le visage grimaçant de douleur.

— Qu'avez-vous ? lui demanda le musicien en la prenant par les épaules.

— Mon ventre... gémit-elle.

Elle lui échappa, roula sur le sol et se mit à tourner sur elle-même comme un serpent... De grosses gouttes de sueur apparurent sur son visage.

— Vite, un docteur ! cria Asabuki.

Le piano s'arrêta, laissant les filles bouche bée au milieu d'un couplet.

— Un docteur ! Appelez un docteur !

Le barman se rua sur le téléphone.

Penché sur Mme Hayashi, Asabuki essayait de la relever. Elle était livide et avait perdu connaissance. Quelques minutes plus tard, une ambulance arriva. Les ambulanciers se précipitèrent tandis qu'une partie des clients, ne voulant pas se trouver mêlés à quelque scandale, préféraient s'éclipser. L'un des ambulanciers prit son pouls et grimaça. Elle respirait encore. On l'emmena aussitôt sur un brancard, mais quelques minutes plus tard, l'ambulancier cria au chauffeur que ce n'était plus la peine de se presser.

L'ambulance ralentit et emporta le cadavre à la morgue de l'hôpital de la police judiciaire.

3

Selon le premier rapport du médecin légiste, le décès était dû à un empoisonnement à l'acide prussique.

Yutaka Mizunuma, un jeune inspecteur de trente-cinq ans, attaché au commissariat de Kyobashi, se présenta à l'hôpital. L'affaire semblait simple. Une patronne de bar s'était suicidée en avalant de l'acide prussique, lui avait-on dit au téléphone. L'identité de la victime éveillait de vagues souvenirs en lui ; il avait déjà lu ce nom quelque part dans un magazine…

— C'est la patronne du bar *Laforêt* à Ginza, lui expliqua le policier de garde. Ses chansons sont assez connues…

L'inspecteur se souvint alors d'un article d'un magazine féminin qu'il avait feuilleté chez sa sœur : la maison de disques Sun Records avait lancé un grand concours de paroles de chansons et *Mon amour, mon amour* de Mahoko Hayashi avait reçu le premier prix. C'était le genre de nouvelle auquel, d'habitude, il n'accordait pas d'attention.

— Il s'agit d'un empoisonnement, n'est-ce pas ? demanda-t-il au médecin.

— A l'acide prussique, cela ne fait aucun doute, répondit celui-ci tout en le conduisant auprès du cadavre.

Il ôta le drap qui recouvrait le visage de la morte. Les traits de Mahoko Hayashi étaient figés dans un affreux rictus de souffrance et sa peau avait une teinte vermillon caractéristique.

— Suicide ? demanda l'inspecteur.

— C'est à vous de répondre à cette question, fit le médecin. Quand elle nous est arrivée, il était déjà trop tard…

L'inspecteur eut un petit sourire.

— Elle n'est pas venue toute seule, quelqu'un l'a amenée…

— Oui, Jun Asabuki.

— Qui est-ce ?

— Un des plus célèbres compositeurs de mélodies à la mode ! fit le médecin un peu étonné de l'ignorance du policier.

Fouillant dans la poche de sa blouse blanche, il en sortit une carte de visite qu'il tendit à l'inspecteur.

JUN ASABUKI
Compositeur, Sun Records

Suivait un numéro de téléphone personnel.

— Il a dû repartir, mais il a eu le temps de me raconter ce qui s'était passé…

Le médecin lui expliqua comment Mahoko Hayashi s'était écroulée dans le bar au milieu des clients. Tout en l'écoutant, l'inspecteur sentit que l'hypothèse trop simple du suicide s'envolait. Il va falloir demander une autopsie, pensa-t-il en soupirant.

Il quitta l'hôpital après avoir téléphoné au commissariat et se rendit directement au club *Laforêt*. Une pancarte écrite à la main, *Le bar est fermé aujourd'hui*, était accrochée à la porte. L'inspecteur entra. Il n'y avait pas de clients et le luxueux club semblait étrangement désert. Un vieil homme était assis au piano et jouait doucement quelques notes d'un air las, tandis qu'une dizaine de jeunes filles assises sur le bord de l'estrade attendaient en silence. Tous les regards se tournèrent vers lui.

Il s'avança et se présenta.

— Mme Hayashi est-elle morte ? demanda l'une des filles d'une voix blanche.

— Hélas, oui, fit l'inspecteur.

Le pianiste plaqua un violent accord sur son instrument.

L'inspecteur le regarda : malgré une peau marquée de taches de vieillesse, l'homme avait un beau visage intelligent.

— Excusez-moi, fit l'inspecteur, mais je dois commencer mon enquête. Comment vous appelez-vous ?

L'homme referma lentement le piano avant de répondre.

— Kamisaka.

L'inspecteur ne s'intéressait pas à la musique et ce nom ne lui disait rien.

— Vous étiez au piano toute la soirée, n'est-ce pas ?

— Oui.

— Qu'a fait Mme Hayashi ce soir ?

— Comme d'habitude, elle est passée de table en table parler avec les clients.

— Et ensuite ?

— Elle s'est brusquement effondrée…

Sa voix était si faible qu'une des filles intervint.

— Oui, juste au moment où elle venait de s'asseoir à côté de M. Asabuki.

L'inspecteur se souvint de la carte que lui avait donnée le médecin.

— A quelle table étaient-ils ?

Des verres à moitié pleins et des bouteilles de whisky traînaient encore sur toutes les tables. Les filles en indiquèrent une sans hésitation.

— Elle ne parlait qu'avec lui, n'est-ce pas ? Lui a-t-il offert quelque chose à boire ?

— Non, rien, fit une fille.

Les autres approuvèrent.

— Bien. Alors, à quelle table était-elle avant ?

— La table de gauche ! répondirent deux ou trois filles en même temps.

Il était clair que de la scène elles voyaient tout ce qui se passait dans la salle. L'inspecteur Mizunuma regarda la table en question : il y avait un verre et un petit carton carré.

— C'est bizarre, fit remarquer quelqu'un.

— Qu'est-ce qui est bizarre ?

— Il n'y a qu'un verre et je suis certaine qu'il y avait deux personnes…

— Vraiment ?…

— Oui, ils étaient deux. Celui qui était à droite a offert un whisky à Mme Hayashi.

Il n'y avait pas de verre à droite.

L'inspecteur eut également la mauvaise surprise d'apprendre que le barman avait déjà enlevé et lavé le verre de Mme Hayashi quand celle-ci s'était écroulée.

Il se pencha sur le carton : un titre de chanson était griffonné à la main.

« Le Grand Défi » de Kiyoko Suizenji.

L'inspecteur la connaissait et se souvenait des paroles : « Un homme, un vrai, doit toujours vaincre… »

— Les clients notent les titres des chansons qu'ils veulent que nous chantions, expliqua l'une des filles.

Le verre avait disparu et il ne restait que le carton. Ne pensant qu'à faire disparaître le verre qui portait ses empreintes digitales, l'homme avait-il oublié le petit carton ? L'affaire ressemblait de plus en plus à un meurtre…

— Comment était ce client ? demanda-t-il.

Les filles se regardèrent.

— Il devait avoir autour de trente-cinq ans, dit l'une.

— Plutôt quarante, fit une autre. Il était vêtu d'un costume noir et n'avait pas de lunettes.

— Si je vous comprends bien, ce n'est pas un habitué…

— Je suis à peu près certaine que c'était la première fois qu'il venait. Il est entré seul et s'est assis à une place libre.

L'homme avait-il versé de l'acide prussique dans le verre qu'il avait offert à la patronne ? L'inspecteur se tourna vers le pianiste. Le vieil homme avait sorti une pipe de la poche de son veston.

— Et vous, qu'avez-vous remarqué ?

Kamisaka alluma sa pipe et tira une bouffée avant de répondre.

— Pas grand-chose, j'étais occupé à jouer, mais j'ai l'impression qu'il était plutôt grand…

— Il était assis…

— Même assis, on se rend compte si quelqu'un est grand. Je dirais même qu'il était grand et corpulent, dans les quatre-vingts kilos.

— Il a raison, confirmèrent les filles.

L'inspecteur regarda à nouveau le carton posé sur la table, en essayant de se faire une image de cet homme de quarante ans en costume noir sans lunettes qui aimait la chanson *Le Grand Défi*…

Des milliers d'hommes correspondaient à ce signalement.

— Et quel genre de femme était Mme Hayashi ? demanda-t-il en se redressant.

Personne ne répondit. Les filles se regardèrent, l'air un peu gêné. Le pianiste rompit le silence.

— Malgré tout ce que les gens pouvaient dire, c'était une femme bien, elle était gentille…

— Comment cela, les gens ?

— Une femme qui réussit suscite beaucoup de jalousies.

— Ses chansons avaient beaucoup de succès, paraît-il.

— Oui, en un sens…

— M. Asabuki et Mme Hayashi se connaissaient-ils bien ?

Le visage du vieil homme se ferma.

— Il mettait en musique les paroles de chansons qu'elle écrivait.

L'inspecteur eut l'impression que le pianiste lui mentait. Etait-il jaloux du compositeur ? Kamisaka se leva de son tabouret.

— Je n'ai plus rien à faire ici, puis-je rentrer chez moi ?

L'inspecteur acquiesça, notant son numéro de téléphone avant de le laisser partir. Dès qu'il fut sorti, les langues se délièrent.

— Il était amoureux de la patronne, dit l'une des filles.

— Vraiment ? Et qu'en pensait-elle ?

— Elle n'était pas le genre à tomber amoureuse d'un vieux croûton comme lui !

La serveuse était un jeune tendron de dix-huit ans qui respirait la douceur et l'innocence. L'inspecteur sourit devant tant de cruauté inconsciente.

— C'était donc un amour sans retour, dit-il.

— C'est cela.

— Mais il paraît qu'ils ont vécu ensemble autrefois, ajouta une fille qui avait l'air un peu plus âgée que les autres. Un soir, il y a trois mois, après le travail, je suis rentrée dans le même taxi que lui et il m'a avoué qu'il avait été amoureux d'elle. C'était le bon temps, m'a-t-il dit. Il a peut-être enjolivé le passé, je ne sais pas…

— En tout cas, il était pianiste dans un grand orchestre symphonique et il a même accompagné un chanteur américain très célèbre lors de sa tournée au Japon !

Sans pouvoir faire la part exacte des rumeurs et de la vérité, une certaine image du personnage se précisait à travers le bavardage des filles.

— Et quelles étaient les relations entre Mme Hayashi et M. Asabuki ? D'après M. Kamisaka, ce n'étaient que des rapports professionnels…

Un sourire gagna le petit groupe.

— Tout le monde est au courant !

— Ils ne sont pas mariés…

— Ce n'est pas la peine d'être mariés pour être aussi proches l'un de l'autre !

La liaison entre le compositeur et Mahoko Hayashi était manifestement un des grands sujets de conversation des chanteuses du bar *Laforêt*.

— Quel genre d'homme est-il ?

Les réponses fusèrent.

— C'est un compositeur à la mode…

— Un vrai play-boy !

— Cinquante millions de revenus par an !

L'inspecteur se dit que ces témoignages spontanés demanderaient vérification…

— Si c'est un play-boy, il doit avoir d'autres amies que Mme Hayashi…

— Pour sûr ! fit une petite au visage un peu boutonneux.

Elles se lancèrent alors dans une grande discussion à propos des dernières amours d'une chanteuse à la mode dont l'inspecteur ignorait même le nom ; il s'agissait de savoir avec quelle vedette de la télévision elle avait été vue en train de se promener récemment…

Comprenant qu'il ne tirerait plus rien de cette bande d'écervelées, l'inspecteur Mizunuma haussa les épaules et s'éloigna discrètement.

4

Il retourna au commissariat de Kyobashi.

— Il semble bien qu'il s'agisse d'un meurtre, lui dit son chef Kawakami après avoir écouté son rapport.

— C'est aussi mon avis. Elle n'avait aucune raison de se suicider : son bar marchait très bien et ses chansons ont beaucoup de succès.

— Nous avons un suspect : le client qui est parti en emportant son verre…

— Et Jun Asabuki. Je vais d'ailleurs lui rendre une petite visite.

Au moment où il allait sortir, Kawakami le rappela.

— Je donne le feu vert pour l'autopsie.

Une fois dans la rue, l'inspecteur Mizunuma réalisa qu'il était déjà minuit. Des groupes d'employés éméchés qui venaient de fêter la fin de l'année marchaient en titubant. L'inspecteur vérifia l'adresse du compositeur sur la carte que lui avait donnée le médecin et héla un taxi.

Jun Asabuki habitait un luxueux appartement au dernier étage d'un immeuble neuf à Azabu près de Roppongi. Dans l'ascenseur, l'inspecteur se dit que la chansonnette nourrissait bien son homme. Un studio dans un immeuble de cette catégorie devait coûter au moins trente millions de yens.

Une plaque au nom d'ASABUKI était fixée sur une belle porte en bois de facture classique. Il sonna, un homme d'une trentaine d'années, élancé et vêtu d'une robe de chambre, vint lui ouvrir et le fit entrer dans le salon. C'était une vaste pièce d'au moins vingt tatamis avec deux pianos à queue installés côte à côte dans un angle. Asabuki lui servit une tasse de thé. Vivait-il seul dans cet appartement de musicien fortuné ?

— Je vous attendais, dit-il.

Le chauffage central faisait régner une douce chaleur uniforme dans toute la pièce [1].

1. On se chauffe en général mal avec des poêles à mazout dans les maisons japonaises.

— Je veux que vous retrouviez l'assassin le plus vite possible, ajouta-t-il en le regardant droit dans les yeux.

— Qu'est-ce qui vous fait dire qu'elle a été assassinée ? demanda l'inspecteur en portant la tasse de thé à ses lèvres.

— Il s'agit d'un meurtre, c'est évident !

— Ou bien d'un suicide... Cela ne serait pas la première fois qu'une femme bafouée se suicide aux pieds de son amant...

Le compositeur accusa le choc et sourit.

— Elle n'avait aucune raison de le faire. Puisque vous êtes déjà au courant de notre liaison, sachez également que nous nous aimions.

— Qui l'a tuée alors, selon vous ?

— Quelqu'un qui était jaloux de sa réussite ou de notre union.

— Savez-vous si elle avait un autre homme dans sa vie ? Je sais bien que c'est une question difficile...

— Je suis sûr qu'elle n'aimait que moi. Malgré les apparences et les rumeurs, c'était une femme d'une grande sincérité. Beaucoup d'hommes la courtisaient, certes, mais j'étais le seul à être aimé. Ce n'est pas vanité de ma part, croyez-moi.

— Vous connaissez Kamisaka, le pianiste du bar ? J'ai entendu dire qu'ils avaient eu une liaison autrefois...

— Ah, le pianiste !... fit Asabuki en souriant. Ce vieillard un peu gâteux qui ne vit que dans le souvenir de sa gloire passée. Oui, c'est exact, il y a une dizaine d'années, quand Mahoko était encore chanteuse, ils ont vécu un certain temps ensemble, à peu près un mois, je crois... Ensuite, elle a pris la direction du bar et s'est mise à écrire des paroles de chansons avec le succès que vous savez, alors que lui s'enfonçait dans la misère et la déchéance. Elle l'a repêché par pure pitié...

— Je vois...

— Et, au lieu de lui être reconnaissant, ce vieux gâteux, quand il a bu, prend plaisir à radoter sur « leur passé commun » ; il en rajoute même et raconte à qui veut l'entendre qu'ils ont vécu en couple pendant deux ou trois ans... Ce type est une vraie plaie et pourtant elle a eu la bonté de continuer à le prendre sous sa protection !

— Pensez-vous qu'il soit resté amoureux d'elle ?

— Sous une forme d'attachement servile ou de regrets, sans aucun doute. En tout cas, il n'y avait rien du côté de Mahoko.

— Et vous ? Puis-je vous demander si vous avez d'autres liaisons ?

— Moi ?

— Vous avez la réputation d'un homme à femmes...

— La réputation seulement, hélas ! répondit-il avec un petit sourire.

Le téléphone sonna.

— Excusez-moi.

Il prit le combiné et passa dans une autre pièce.

L'inspecteur se leva et fit le tour du salon. Du courrier, une douzaine de lettres, était posé sur l'un des pianos ; il s'approcha et les souleva négligemment du bout d'un doigt. Trois portaient au verso le nom et l'adresse du même expéditeur, ou plutôt de la même expéditrice.

Aki Kiryu
New Daita Mansion
Iidabashi
Nakano-ku Tokyo

Cela n'avait sans doute aucune importance, mais par une sorte de réflexe professionnel, l'inspecteur nota le nom dans un coin de sa mémoire. On aurait dit un nom d'artiste... Entendant les pas d'Asabuki qui revenait, il retourna vers le sofa et alluma une cigarette.

— Je suis débordé de travail ! fit Asabuki en se passant la main sur le visage.

Il avait l'air assez mal à l'aise.

— Vous avez un métier très difficile, fit l'inspecteur d'un ton conciliant avant de revenir aux questions qui l'intéressaient. Mahoko Hayashi passait de table en table quand elle a soudain ressenti les premières douleurs, n'est-ce pas ?

— C'est exact.

— Lui aviez-vous offert à boire ?

— Non, répondit-il très fermement. Elle venait de boire avec le client de la table voisine et s'est écroulée en arrivant auprès de moi. C'est lui qui a dû mettre le poison dans son verre !

— Vous souvenez-vous de ce client ?

— Je n'avais aucune raison de m'intéresser aux clients des autres tables ! Je me souviens vaguement qu'il portait un costume noir et qu'il avait une voix plutôt enrouée.

— Une voix plutôt enrouée ? L'avez-vous entendu parler ?

— Il lui a demandé en plaisantant s'il était vrai que la chanson *Mon amour, mon amour* lui avait déjà rapporté dix millions de yens.

Asabuki fronça les sourcils.

— Dans quel sens sa voix était-elle « enrouée » ? Comme quelqu'un d'enrhumé ?

— Non, plutôt une voix cassée, comme on dit, qui m'a fait penser à ces chanteurs d'*enka* [1] ou de *naniwa bushi* [2] qui ont la gorge « limée » par le travail de la voix.

Asabuki s'exprimait en professionnel ; l'inspecteur Mizunuma se souvint du titre de la chanson griffonné

1. Romance populaire.
2. Récitation mélopée traditionnelle.

sur le petit carton. *Le Grand Défi* de Kiyoko Suizenji était un des grands succès du répertoire *enka*. Y avait-il un lien avec ce que le compositeur était en train de lui expliquer? Le suspect avait une voix rauque et aimait les chansons de style *enka*...

— Etes-vous certain de ne l'avoir jamais rencontré auparavant?

— Absolument, répliqua Asabuki. Je suis assez bon physionomiste; il me suffit d'avoir vu un visage une fois pour m'en souvenir plus tard.

— Les chanteuses sont unanimes à dire que c'est la première fois que cet homme venait à *Laforêt*.

— Il n'empêche que c'est lui le meurtrier. Je n'ai qu'un souhait, c'est que vous le retrouviez le plus vite possible.

— Mahoko Hayashi a bien pris le verre qu'il lui tendait...

— Oui, c'est pourquoi...

— A ce moment précis, n'avez-vous rien remarqué d'étrange dans son attitude?

— Non. Elle a pris le verre en riant, comme d'habitude.

Quelque chose échappait à l'inspecteur : pourquoi la victime n'avait-elle manifesté aucune réaction face à un homme qui devait avoir de profonds griefs contre elle?

Il ne pouvait tout de même pas s'agir d'un crime gratuit, sans aucun lien entre le meurtrier et sa victime...

— Essayez encore une fois de vous rappeler : êtes-vous certain de ne l'avoir jamais rencontré?

— Tout à fait.

L'inspecteur le remercia et prit congé.

En sortant de l'immeuble, il vit arriver à toute allure une cohorte de voitures arborant les fanions des principaux organes de presse. Les portières s'ouvrirent et une meute de journalistes surexcités s'engouffra en courant dans la cage de l'escalier.

L'inspecteur Mizunuma les observa : dès demain matin, l'affaire serait dans tous les journaux et les difficultés commenceraient.

5

Il n'avait pas tort.

A dix heures, à l'instant même où une commission d'enquête sur le meurtre du bar *Laforêt* était officiellement ouverte, les journalistes envahissaient le commissariat de Kyobashi. Les reporters de la télévision et de la presse hebdomadaire s'étaient également déplacés. Relevant à la fois des faits divers criminels et des potins sur la vie privée des vedettes, la mort de Mme Hayashi était pour eux une véritable aubaine. Les magazines féminins et les hebdomadaires à scandale, notamment, rivalisaient d'imagination pour monter l'affaire en épingle.

LA VICTIME, MME HAYASHI,
AVAIT CINQ HOMMES DANS SA VIE
TOUT SUR SES RELATIONS AVEC LE COMPOSITEUR
JUN ASABUKI QUI L'A EMMENÉE À L'HÔPITAL
DÉSARROI CHEZ LES HABITUÉS DU BAR *LAFORÊT*
APRÈS LE MEURTRE DE LA BELLE PATRONNE

Les articles, avec leurs titres à sensation et leur goût pour les détails bien juteux, cherchaient moins à expliquer qu'à faire vendre. Pourtant, malgré leur sensationnalisme et leurs exagérations, ils se révélaient parfois une précieuse source d'informations pour des policiers ignorant tout des coulisses du show-business. L'inspecteur Mizunuma avait notamment remarqué un article publié dans l'hebdomadaire *Leisure News*.

MME HAYASHI ÉTAIT L'UNE DES CINQ FEMMES
DU PLAY-BOY ASABUKI

En choisissant un tel titre pour couvrir l'affaire, le magazine avait certainement voulu se démarquer des feuilles de chou rivales qui prétendaient faire toute la lumière sur « les cinq hommes dans la vie de Mme Hayashi ».

L'article respectait les lois du genre et dévoilait les petits secrets et les grandes rumeurs concernant les divers protagonistes de l'affaire. C'était le nom d'Aki Kiryu, cité parmi d'autres, qui avait attiré l'attention de l'inspecteur.

Il s'était, en effet, aussitôt souvenu des trois lettres entrevues dans l'appartement du compositeur. Quel qu'en fût le contenu, ces trois lettres prouvaient qu'Asabuki et cette Aki Kiryu se connaissaient bien. Cela avait suffi à mettre sa curiosité en éveil.

Une photo accompagnait l'article. C'était une jolie fille. Telle était du moins l'impression que donnait la photo. Aki Kiryu était présentée comme la « deuxième femme » dans la vie du compositeur Jun Asabuki.

En deuxième rang, juste après la victime, vient Aki Kiryu (vingt-cinq ans). Ce nom n'évoque sans doute rien pour la plupart des lecteurs, mais peut-être certains se souviennent-ils de Rumi Nakane, la chanteuse de charme qui faisait des débuts fracassants il y a cinq ans sous le label de la maison de disques Sun Records. Sortie du département de littérature anglaise de la prestigieuse université de Tokyo, elle avait été lancée à l'époque avec cette image de la belle chanteuse étudiante. Au bout de son troisième disque, sa popularité était brusquement retombée et la jeune star, lâchée par sa maison de disques, avait disparu dans les oubliettes du show-business.

C'est sous le nom d'Aki Kiryu qu'elle a inauguré, il y a juste un an, une nouvelle carrière de parolière. Sa chanson, Voyage d'amour à Nagasaki, *mise en musique par Jun Asabuki, marque avec succès ses débuts dans un genre où tout le monde s'accorde pour lui reconnaître davantage de talent que comme chanteuse.*

En outre, ce qui ne gâche rien, elle est belle, mesure un mètre soixante-cinq et fait du quatre-vingt-dix de tour de poitrine...

Tout s'annonçait bien pour elle, jusqu'à l'étrange surprise du concours lancé par la maison de disques Sun Records. Il avait été officiellement annoncé que le meilleur texte de chanson envoyé par un débutant serait mis en musique par Jun Asabuki lui-même et chanté avec un grand renfort de publicité par une jeune vedette de talent. En fait, bien entendu, la compagnie – c'était un secret de polichinelle dans la profession – avait déjà décidé en coulisses de jouer gagnant sur le couple « paroles & musique » formé par Jun Asabuki et Aki Kiryu.

Celle-ci avait donc envoyé son texte en toute confiance, mais, à la surprise générale, elle s'est vue le jour de la proclamation des résultats classée deuxième, devancée pour la première place par une vraie débutante, qui plus est patronne de bar, une certaine... Mahoko Hayashi !

Selon la rumeur, le compositeur était personnellement intervenu au moment du choix définitif du lauréat du concours... Vrai ou faux, il est certain que depuis ce moment-là, le couple gagnant s'est révélé être sans conteste celui formé par le talentueux Asabuki et la plantureuse Mme Hayashi...

La musique à succès de l'un s'appuyant sur les paroles à la mode de l'autre (et vice versa), il était même question, ces derniers temps, d'un futur lien matrimonial – oui, un mariage tout ce qu'il y a de plus authentique – entre la parolière et le compositeur !

« Le quatre-vingt-cinq l'emporte sur le quatre-vingt-dix ! » avait même fait remarquer une mauvaise langue en faisant allusion au tour de poitrine des deux rivales.

L'inspecteur sourit en reposant le journal. L'article continuait sur le même ton ironique, classant les « trois autres femmes » en fonction de la victime, numéro un apparemment incontesté.

Dire que je vais être obligé de vérifier tout ça... Quel métier ! se dit-il en soupirant.

6

D'après ses mensurations, Aki Kiryu était assez grande et corpulente pour une Japonaise. Pensant au suspect qui avait disparu en emportant son verre, l'inspecteur essayait d'imaginer la rivale de la victime déguisée en homme...

Asabuki avait été frappé par la voix enrouée du client : n'était-ce pas justement l'indice d'une voix féminine se forçant à prendre des accents masculins ?

Il était clair que tous les espoirs qu'Aki Kiryu avait mis dans sa collaboration, et sans doute même dans sa liaison, avec le compositeur avaient été trahis. Le texte de Mahoko Hayashi n'était pas vraiment bon ; si la chanson avait connu un énorme succès, la gloire en revenait entièrement à la musique d'Asabuki. Et comme l'interprète avait reçu également le prix très convoité du meilleur jeune chanteur de l'année, la position officielle de Mahoko Hayashi comme parolière à succès s'était trouvée renforcée, alors que le texte d'Aki Kiryu était resté dans ses cartons sans même être mis en musique.

Depuis, elle était manifestement tenue à l'écart et végétait, de plus en plus isolée.

Si l'on ajoute qu'elle semblait, selon plusieurs témoignages, être passionnément amoureuse du compositeur, Aki Kiryu réunissait un impressionnant faisceau de mobiles.

Malheureusement pour l'inspecteur, la vérification de l'emploi du temps de la jeune femme devait lui apporter une profonde déception. Aki Kiryu avait un alibi irréfutable : le soir du crime, elle se trouvait dans une station de ski de Shiga Kogen avec trois de ses amies. Le gérant du chalet où elles étaient descendues avait confirmé leur présence le 10 décembre.

Il n'était même plus question d'imaginer qu'elle ait pu se déguiser en homme ! De toute façon, avait réfléchi l'inspecteur, il aurait été peu plausible qu'Asabuki assis à la table voisine ne l'ait pas reconnue...

Il apparut également que les trois autres femmes citées dans l'article de *Leisure News* avaient chacune un alibi qui les mettait au-dessus de tout soupçon.

L'enquête repartait donc à zéro, ce qui rendait la recherche de l'identité du suspect encore plus difficile.

On avait retrouvé et interrogé un par un la plupart des clients qui se trouvaient à *Laforêt* ce soir-là, sans obtenir le moindre indice supplémentaire. On avait aussi, bien sûr, effectué une analyse graphologique de l'écriture du carton. Les résultats avaient aussitôt été transmis à l'inspecteur Mizunuma.

L'écriture dénote un personnage sûr de lui, ambitieux, capable de beaucoup de minutie.

L'inspecteur relut à mi-voix pour lui-même les conclusions du rapport, incapable de dire si ces indications pourraient se révéler un atout décisif. La graphologie était très intéressante pour préciser le caractère d'une personne que l'on connaissait déjà, mais très aléatoire pour définir la psychologie d'un inconnu.

Quatre jours après le drame, le pianiste Kamisaka se suicida dans son appartement, laissant une lettre sur sa table de chevet dans laquelle il expliquait que la vie n'avait plus de sens pour lui après la disparition de Mahoko Hayashi. Il ajoutait, en l'accusant et en le désignant nommément, que Jun Asabuki était à l'origine de la fin tragique de la femme qu'il avait toujours aimée.

La presse se jeta avec délices sur ce nouvel épisode qui lui était offert en pâture.

Une femme

1

Jamais Chisako Tanaka n'aurait imaginé que le meurtre de Tokyo puisse avoir le moindre lien avec sa propre vie.

Elle avait, bien sûr, lu les journaux rapportant le drame avec force détails, mais ce n'était pour elle qu'un triste fait divers dans lequel une patronne de bar avait trouvé la mort.

Puis soudain, tout avait changé un jour où elle faisait le ménage dans l'appartement de Natsuhiko.

C'était le début des vacances à l'université Kyonan. Natsuhiko étant sorti, elle avait entrepris de ranger les journaux et les magazines qui s'entassaient sur les étagères de sa bibliothèque. Elle avait eu la surprise de découvrir au milieu d'une pile un exemplaire récent de *Leisure News*...

Elle avait d'abord souri à l'idée que Natsuhiko, lui aussi, de temps en temps lisait ce genre de presse à sensation ; d'habitude, il ne s'intéressait qu'à la musique classique et rien ne l'ennuyait davantage que les potins sur les vedettes de la chanson et de la télévision, dont il ne connaissait même pas les noms.

Elle s'était mise à feuilleter négligemment le magazine quand soudain son visage avait changé de couleur.

Illustrant un article sur *Les cinq femmes du play-boy Jun Asabuki*, une photo avait attiré son attention et maintenant la fascinait : elle venait de reconnaître la jeune femme qu'elle avait vue descendre de l'avion quand elle attendait Natsuhiko sous la pluie à l'aéroport de Haneda. Elle se souvenait parfaitement de la scène : la pluie, le froid, le petit geste discret sur l'épaule de Natsuhiko par-derrière et ensuite l'accueil glacial que celui-ci lui avait réservé.

C'était la même femme qui était dans la Ford bleue à l'aéroport Kennedy.

Et maintenant, elle découvrait la photo de cette femme, là, sous ses yeux : il n'y avait aucun doute possible.

Aki Kiryu...

Chisako murmura plusieurs fois ce nom.

La femme était belle, très belle...

Chisako se sentit envahie d'une peur instinctive. Elle savait qu'elle n'était pas laide et s'attirait même souvent des compliments sur sa séduction, mais elle savait également qu'elle n'avait pas l'attrait flamboyant de la jeune femme sur la photo. Natsuhiko lui avait certes dit qu'il aimait sa douceur et sa réserve, mais les hommes restaient-ils longtemps insensibles aux charmes éclatants de femmes comme Aki Kiryu ?

Qu'en était-il de Natsuhiko ?

Elle était maintenant convaincue qu'il avait acheté ce numéro de *Leisure News* parce qu'il y était question d'Aki Kiryu. Qu'y avait-il entre eux ? Pourquoi étaient-ils tous les deux impliqués dans un meurtre, l'un à Tokyo, l'autre à Kyoto ? Le cœur battant, Chisako se mit à lire l'article, quand soudain elle entendit dans le couloir les pas de Natsuhiko qui rentrait. Affolée, elle glissa l'hebdomadaire entre deux livres. Il entra en se frottant les mains pour se réchauffer.

— Non seulement il fait froid, dit-il en se glissant sous le *kotatsu,* mais il neige !

En temps normal, Chisako aurait pris ses mains entre les siennes pour les réchauffer, mais aujourd'hui elle restait immobile, crispée, incapable de faire le moindre geste.

Il ne parut se rendre compte de rien et poursuivit joyeusement :

— J'ai envie de passer quelques jours dans un *onsen* [1] pour le Nouvel An, qu'en penses-tu ? Si cela te gêne de toujours voyager avec moi en « couple illégitime », nous pourrions enregistrer notre union à la mairie avant de partir et avoir une vraie cérémonie de mariage au printemps…

Devant son silence, il se rapprocha d'elle et la regarda dans les yeux.

— Mais qu'as-tu donc ?

— Rien… répondit-elle en essayant de sourire.

La photo d'Aki Kiryu restait gravée dans son esprit.

— Mais si… D'ailleurs tu es toute pâle ! As-tu de la fièvre ?

Il se pencha, l'air inquiet, et posa sa main sur son front.

— Non, tu n'as pas de fièvre…

— Puisque je te dis que ça va, ce n'est rien…

Ça va, ce n'est rien, se répétait-elle intérieurement comme pour se convaincre. Mais la présence de Natsuhiko lui devenait de plus en plus insupportable et elle devait se retenir pour ne pas lui lancer le nom d'Aki Kiryu à la figure.

— Ce soir… je vais rentrer, dit-elle sèchement.

Elle voulait être seule pour pouvoir réfléchir. Ses sentiments pour Natsuhiko n'avaient pas changé, mais elle

---

1. Sources d'eaux chaudes naturelles dans lesquelles on se trempe avec délectation.

était tiraillée entre le désir de régler une fois pour toutes la question de cette femme et la peur d'aborder le sujet.

— Mais il n'est que cinq heures, s'étonna-t-il en regardant sa montre. Reste encore un peu, je vais commander des sushis.

— Je voudrais bien, mais je viens de me rappeler que je dois préparer mes affaires... Tu te souviens de mon amie de collège Noriko Go ? Elle se marie après-demain à Tokyo et je suis invitée à la cérémonie. Finalement j'ai décidé d'y aller, c'est plus gentil et puis comme cela elle viendra aussi à notre mariage...

Ce n'était pas seulement une excuse; tout en parlant, elle avait en effet décidé de répondre à l'invitation de son amie : cela lui permettrait d'aller à Tokyo et de se renseigner...

— Dans ce cas-là... grommela Natsuhiko.

— Il faut que je lui achète un cadeau et que je prépare mon kimono.

— Bien, je te ramène alors, dit-il en se levant.

Chisako n'osa refuser et ils quittèrent l'appartement ensemble.

Il neigeait dehors. C'était la première neige de l'hiver; d'habitude, Chisako aimait voir les flocons blancs danser dans le ciel d'encre, mais aujourd'hui, elle ne sentait que le froid qui la transperçait. Ils marchèrent en silence jusqu'à la gare.

Une fois seule sur le quai, elle acheta *Leisure News*.

Elle eut l'impression que les pages lui brûlaient les doigts.

2

Quand le Hikari 156 de neuf heures dix-sept quitta la gare, Chisako comprit qu'il était trop tard pour revenir en arrière.

Elle avait beau se dire qu'elle allait simplement au mariage d'une amie et essayer d'imaginer celle-ci dans sa robe de mariée, l'image d'Aki Kiryu à la sensualité tapageuse flottait en permanence devant ses yeux.

Le train arriva à midi huit à Tokyo.

Dans le taxi qui l'emmenait au temple Meiji Jingu, elle prit la décision de se rendre à la rédaction du magazine *Leisure News* après la cérémonie.

Pendant le banquet dans la salle de réception, Noriko, vêtue d'un splendide kimono de cérémonie traditionnel, était assise à la place d'honneur à côté de son mari, resplendissante de bonheur. Elle était très belle, avec une touchante pointe de naïveté.

Chisako essaya de s'imaginer dans quelques mois, comme elle, à côté de Natsuhiko ; en vain : aucune image ne se formait dans son esprit...

Elle salua avec les autres invités les jeunes mariés qui partaient en voyage de noces. Dès qu'ils eurent disparu, une immense fatigue s'empara d'elle. Toute volonté semblait l'avoir abandonnée ; elle se ressaisit et héla un taxi.

Qu'allait-il se passer ? Elle ne le savait pas. Elle voulait rencontrer le journaliste qui avait rédigé l'article et lui poser des questions sur Aki Kiryu, mais accepterait-il seulement de la recevoir ?

La maison d'édition qui publiait *Leisure News* se trouvait à Kanda et occupait un élégant petit immeuble à deux étages.

Chisako hésita un moment devant l'entrée, puis se décida et se présenta à la réception dans le hall du rez-de-chaussée. Après avoir appelé quelqu'un sur une ligne intérieure, l'hôtesse lui fit signe de monter l'escalier. Elle vit l'inscription SALLE DE RÉDACTION sur une porte et entra. A l'opposé de l'aspect soigné du couloir, un incroyable désordre régnait à l'intérieur : des journalistes parlaient haut et fort au milieu de montagnes de paperasses et de documents.

Un jeune homme la remarqua et lui demanda sans façon ce qu'elle voulait.

Un peu décontenancée, Chisako chercha à s'expliquer tout en se confondant en excuses.

— C'est à propos d'un article qui est paru dans votre magazine… J'ai quelque chose à vous demander…

Elle montra le numéro qu'elle avait apporté.

Un peu étonné, le jeune homme la dévisagea avec attention.

— Tenez, asseyez-vous là, dit-il en lui montrant un sofa.

Il devait avoir à peu près le même âge que Natsuhiko, mais avait un style beaucoup plus décontracté.

Il s'assit en face d'elle et cria à quelqu'un au fond de la pièce qu'on leur apporte une tasse de thé. Puis il la regarda à nouveau.

— Alors, que voulez-vous savoir ?

— Dans l'article sur le meurtre de Tokyo, il était question de cinq femmes…

— Laquelle représentez-vous ?

— …

— C'est moi l'auteur de l'article ; s'il s'agit d'une protestation, il faut le faire par écrit.

Chisako ne put se retenir de sourire devant le visage soudain sévère de son interlocuteur.

— Je ne suis pas venue pour protester…

Le jeune homme eut l'air encore plus étonné.

— Pourquoi êtes-vous venue alors ?

— Je voudrais avoir quelques renseignements sur Aki Kiryu.

— Quelles sont vos relations avec elle ?

— Euh, je n'en ai pas…

— Vraiment ?

C'était à son tour de sourire.

— Vous n'avez aucune relation avec elle, poursuivit-il, mais vous voulez tout savoir à son sujet, n'est-ce pas ?

— Je sais bien que je dois vous sembler bizarre, mais…

— Non, je ne vous trouve pas particulièrement bizarre, en revanche j'aimerais bien connaître votre nom !

— Est-ce indispensable ?

— Tiens, tiens ! fit-il d'un air très amusé.

Chisako pensa soudain au visage toujours très sérieux et fermé de Natsuhiko.

— Vous voudriez donc que je livre les sources d'un reportage très important à une inconnue qui refuse de me dire son nom !

— Ce n'est pas ce que j'ai voulu dire, répondit-elle très embarrassée en baissant la tête.

On leur avait apporté du thé ; le jeune homme prit sa tasse et la porta à ses lèvres tout en observant attentivement Chisako.

— Vous êtes honnête au moins, dit-il en souriant. Vous pouviez si facilement me donner n'importe quel nom qui vous passait par la tête…

— Je m'appelle Chisako Tanaka ; c'est mon vrai nom.

— Je vous crois. Et moi, Ryohei Izumida, journaliste reporter.

Il lui tendit sa carte.

— Que voulez-vous savoir exactement au sujet d'Aki Kiryu ?

— N'importe quoi.

— Comment cela ?

— Tout ce qui la concerne m'intéresse.

— Dans ce cas, voulez-vous m'accompagner ce soir ?

— Ce soir… où cela ?

— Au *Night Rain.* C'est un club de Shinbashi, elle y chantera ce soir.

— Je croyais qu'elle écrivait des chansons.

— C'est exact, mais elle a débuté comme chanteuse. Figurez-vous que toute cette odeur de scandale autour d'elle lui a remis le pied à l'étrier : elle est submergée de propositions pour chanter dans les boîtes de nuit !

La voyant qui hésitait, il alluma tranquillement une autre cigarette et chercha à la mettre à l'aise.

— Ne croyez pas que je me mette en quatre à seule fin de vous faire plaisir. De toute façon, je dois y aller pour l'interviewer. D'ailleurs, je ne pourrai pas vous mettre sur ma note de frais et vous devrez payer votre part. D'accord ?

— D'accord, fit Chisako rassurée par le ton franc et direct du jeune homme.

Elle passa ensuite à son hôtel sur Ginza et prit un dîner léger.

Le soir, elle retrouva le journaliste et ils se rendirent ensemble au *Night Rain*. Le club était situé non loin de l'hôtel *Hilton* et il y avait de nombreux étrangers parmi les clients. Une fois installés à une table, Izumida se mit à observer la salle comme s'il était en terrain conquis.

— Je ne vois pas Asabuki, dit-il.

— Le compositeur dont vous parlez dans votre article ?

— Oui. J'ai l'impression que la mort de Mahoko Hayashi a remis Aki Kiryu en faveur !

Soudain, on applaudit autour d'eux. Sur la scène centrale, une femme venait d'entrer sous les projecteurs.

— La voilà, murmura Izumida à l'oreille de Chisako.

Aki Kiryu était effectivement très belle. Elle se mit à chanter d'une voix grave, un peu rauque, très sensuelle. A une table voisine, un client, sans doute américain, poussa un sifflement admiratif.

Le cœur de Chisako se mit à battre très fort. La lutte était inégale. Si Natsuhiko tombait entre les griffes d'une telle femme, comment pourrait-elle le retenir ?

Après quelques chansons, elle se retira, laissant l'orchestre enchaîner seul d'autres morceaux.

— Voulez-vous m'accompagner dans sa loge ?

— Dans sa loge ?

— Puisque vous voulez la rencontrer, je vous présenterai. Je dois l'interviewer.

— Ne risque-t-elle pas de se fâcher ?

— Ne craignez rien ; ce n'est pas une petite personne comme vous qui va lui faire peur !

L'encourageant à nouveau, il lui fit signe de l'accompagner. Chisako se leva et le suivit.

C'était la première fois qu'elle pénétrait dans des coulisses. ENTRÉE INTERDITE. Ils poussèrent la porte. Une forte odeur de produits cosmétiques flottait dans l'air confiné de la loge. Aki Kiryu, vêtue d'un somptueux peignoir de soie, arrangeait ses cheveux devant le grand miroir de la petite pièce de trois tatamis ; elle les vit entrer et se retourna.

— Oui ?

— Bonsoir ! fit Izumida en prenant un accent chantant et amical.

Elle tira une bouffée de sa cigarette.

— Ah, c'est vous…

Ils avaient l'air de bien se connaître… Chisako se sentait tendue, très mal à l'aise. Aki Kiryu la regarda.

— Qui est-ce ? demanda-t-elle au journaliste.

Il fit signe à Chisako de s'asseoir avant de répondre :

— C'est ma nouvelle assistante.

Aki Kiryu la regarda à nouveau.

— Elle est mignonne, félicitations.

— N'est-ce pas ? ricana-t-il un peu bêtement.

Détournant le regard, Chisako observa la petite pièce. Qu'y avait-il entre Natsuhiko et cette femme ?

La chanteuse ayant pris une autre cigarette, Izumida sortit aussitôt son briquet et la lui alluma.

— Où en sont vos relations avec M. Asabuki ? lui demanda-t-il de but en blanc.

Chisako resta confondue devant tant d'aplomb : le journaliste et la chanteuse vivaient dans un monde où la retenue et la politesse les plus élémentaires n'avaient pas cours. Un garçon comme Natsuhiko était sans aucun doute une proie facile pour ce genre de femme.

— Calme plat de ce côté-là, en revanche, quel scandale, votre article ! dit-elle en riant très fort.

— Parce que je vous ai classée numéro deux ? Vous auriez préféré être la première…

— Ne dites pas de bêtises !

— En tout cas, la disparition de Mahoko Hayashi fait de vous la candidate la mieux placée pour la première place. Ne peut-on pas imaginer votre mariage avec M. Asabuki dans un avenir relativement proche ?

— Ne jouez pas l'apprenti sorcier !

Elle fit un geste de dénégation avec la main, tout en ayant l'air ravie de la tournure que prenait l'interview.

— Avez-vous l'intention de reprendre votre carrière de chanteuse ?

— Pas vraiment, mais je suis prête à saisir toutes les occasions. Chanter, oui, tout en continuant, bien sûr, à écrire des textes de chansons.

— N'avez-vous pas l'impression que la voie est à nouveau libre devant vous ?

— Que voulez-vous dire ?

— Grâce à la disparition de Mahoko Hayashi, votre carrière semble avoir pris un nouveau départ.

— Mais je n'ai rien à voir avec toute cette affaire !

Izumida sourit.

— Il n'empêche que vous allez sortir un disque en collaboration avec Asabuki le mois prochain.

— C'est exact...

— Le projet à l'origine devait se faire avec Mahoko Hayashi : la chance a vraiment tourné en votre faveur.

— Et alors ?

— La rumeur vous désigne comme la grande bénéficiaire de la disparition de Mahoko Hayashi...

— C'est une pure calomnie sans aucun fondement ! protesta-t-elle avec véhémence. A vous entendre, on a vraiment l'impression que c'est moi qui ai assassiné la pauvre Mahoko ! Manque de chance, le jour du crime...

— ... vous étiez à la montagne et avez un alibi irréfutable ! Je le sais et ne vous accuse pas ; je dis seulement que la chance semble enfin avoir tourné en votre faveur. En fait, je n'aimais pas la manière dont on avait fabriqué le succès de Mahoko Hayashi. Pour ne prendre qu'un exemple, la chanson que vous aviez présentée au concours était bien meilleure que la sienne et ce n'est que justice de voir votre talent enfin sur le point d'être reconnu.

— Après m'avoir mise en colère, plaisanta Aki Kiryu mi-figue mi-raisin, vous vous empressez de me flatter !

Cette femme semble prête à tout pour devenir célèbre, pensa Chisako.

La chanteuse, soudain, se tourna vers elle.

— Et vous, vous n'avez pas de questions à me poser ?

— Hein ?...

Chisako chercha désespérément du secours du côté d'Izumida, mais celui-ci, au contraire, l'encouragea.

— Allez-y, c'est le moment. Les questions ne font pas peur à Mlle Kiryu, elle vous répondra sans détours...

Chisako la regarda : le visage fardé de la chanteuse semblait la défier avec une arrogance chargée d'ironie... Cela suffit à vaincre ses dernières hésitations.

— Je voudrais savoir, demanda-t-elle, si vous êtes allée aux Etats-Unis récemment.

Aki Kiryu tira une longue bouffée de sa cigarette avant de répondre.

— Je vais souvent en Amérique, dit-elle. J'y ai passé trois mois récemment pour apprendre les différentes techniques de la comédie musicale.

— Quand êtes-vous rentrée ?

— Le 6 octobre dernier, je crois.

Il n'y avait plus aucun doute : c'était bien elle qui était descendue du même avion que Natsuhiko à Haneda !

Chisako dut se retenir pour ne pas poser toutes les questions qui lui brûlaient les lèvres. Etait-ce bien elle aussi à l'aéroport Kennedy ? Quelles avaient été ses relations avec Natsuhiko ? L'avait-elle revu depuis son retour ?

— Est-ce tout ? demanda Aki Kiryu en la dévisageant avec attention.

Chisako acquiesça d'un petit signe de tête.

— Ne vous ai-je pas déjà rencontrée quelque part ? ajouta-t-elle tandis que Chisako cherchait à éviter son regard. Comment vous appelez-vous ?

Il était clair que la chanteuse commençait à se méfier.

Se souvenant de ce que le journaliste lui avait dit, Chisako lança le premier nom qui lui vint à l'esprit.

— Ah bon… approuva Aki Kiryu sans que l'on puisse discerner si elle était convaincue ou non.

Un ange passa. L'atmosphère dans la minuscule pièce était étouffante. Izumida allait essayer de dire quelque chose quand on appela la chanteuse pour la deuxième partie de son tour de chant.

— Excusez-moi, je dois y aller ! dit-elle.

Elle sortit de la loge, lançant un beau sourire au jeune journaliste et un bref coup d'œil sur son « assistante ».

Chisako poussa un soupir de soulagement.

Izumida l'invita à se lever, puis, au moment de quitter la loge, il se retourna vers elle.

— Pourquoi lui avez-vous menti ? lui demanda-t-il.

3

Ils quittèrent ensemble le *Night Rain*.

Izumida n'était pas choqué mais plutôt intrigué par le mensonge de Chisako.

— Je suis vraiment très curieux de savoir qui vous êtes, lui dit-il en souriant.

Il était tard et ils marchaient côte à côte dans les rues de Tokyo.

— Est-ce le journaliste qui veut tout savoir? demanda-t-elle.

— C'est à la fois le journaliste et l'homme : les deux sont curieux…

Comme ils passaient devant un café, il l'invita à prendre un verre. L'établissement était désert ; ils s'installèrent à une table du fond.

— Je suis moi-même le premier étonné, dit-il en se passant la main dans les cheveux.

— Pourquoi ?

— A part votre nom, je ne sais rien de vous : ni votre adresse, ni votre âge, ni votre métier, ni si vous êtes mariée ou non… Je ne sais même pas pourquoi vous vous intéressez tant à Aki Kiryu et pourtant je suis là assis à côté de vous, à vous aider !

— Je suis désolée…

— Mais non ! En fait, le plus étrange, c'est que je suis si content d'être avec vous…

Il se passa encore la main dans les cheveux. Sous son aplomb de reporter que rien n'arrête, il y avait une grande délicatesse. Chisako eut l'impression d'abuser de sa gentillesse en gardant le silence.

— Je sais bien que la moindre des choses serait de vous donner quelques explications sur ma conduite, mais ce n'est malheureusement pas possible. Pardonnez-moi...

— Ne vous inquiétez pas, fit Izumida en secouant la tête. Avez-vous appris tout ce que vous vouliez savoir ?

Chisako eut un petit sourire ambigu, puis elle changea de sujet.

— D'après vous, l'affaire du bar de Tokyo est-elle sur le point d'être résolue ?

— J'ai l'impression que la police est dans l'impasse. Ils savent seulement que Mahoko Hayashi a bu un whisky dans lequel un client avait versé de l'acide prussique. Mais ce client s'est littéralement volatilisé et ils ne disposent d'aucun indice.

— N'ont-ils pas trouvé d'autres suspects ?

— C'est justement le côté intéressant et curieux de l'affaire, reprit le journaliste. Comme vous le savez, la victime, patronne d'un bar à la mode et parolière de chansons à succès, ne manquait pas d'exciter bien des jalousies, ne serait-ce que celle d'Aki Kiryu... Or, il se trouve que les suspects potentiels ont tous un alibi en or, de sorte que la police est obligée de se rabattre sur ce client inconnu que personne n'avait jamais vu auparavant dans le bar. C'est une affaire très étrange, une sorte de labyrinthe dont on ne discerne ni les tenants ni les aboutissants...

Un labyrinthe ?...

Chisako ne put s'empêcher de penser à la mort du professeur Tôdô. La police n'avait pas encore retrouvé le meurtrier, et les principaux suspects, dont Natsuhiko, avaient tous un alibi irréfutable. D'après les journaux, l'enquête était dans l'impasse. Les deux affaires se ressemblaient.

— On peut admettre, poursuivit Izumida, que Mahoko Hayashi a bien été assassinée par ce client qui venait pour la première fois dans son bar. Le problème est alors celui du mobile : d'après la police, il pourrait s'agir d'une de ses anciennes relations qu'elle aurait fait semblant de ne pas reconnaître... L'enquête s'oriente donc vers le passé de la victime pour découvrir un motif de vengeance. A mon avis, il faut aussi retenir une autre hypothèse, à savoir que cet homme n'a rien à voir avec son passé et qu'elle ne le connaissait absolument pas.

— Pensez-vous à un acte gratuit, sans mobile ?

— Non, il s'agit seulement d'un subtil brouillage de pistes...

— ...

— Je pense à un meurtre, ou plutôt à deux meurtres par procuration ! J'imagine que quelque part un autre crime a été commis dans des circonstances mystérieuses. Les deux assassins n'auraient-ils pas échangé leurs victimes, chacun se chargeant de faire disparaître en toute impunité la personne désignée par l'autre ?

— ...

— Ce n'est qu'une supposition de ma part... reprit-il un peu gêné d'avoir tant parlé.

Il se passa la main dans les cheveux et la dévisagea.

— Vous êtes toute pâle, ça ne va pas ? lui demanda-t-il.

— Ce n'est rien, répondit-elle aussitôt. Je suis fatiguée, c'est tout.

Elle-même avait senti le sang refluer de son visage quand il avait évoqué un « échange de victimes ». Tout tournait dans sa tête...

Elle avait désormais la certitude que Natsuhiko et Aki Kiryu se connaissaient. Natsuhiko savait, avant de partir aux Etats-Unis, que le professeur Tôdô s'opposerait à sa nomination à un poste de professeur adjoint et qu'il risquait de rester assistant toute sa vie ; de son côté, Aki Kiryu avait de bonnes raisons pour détester

Mahoko Hayashi qui brisait sa carrière et lui enlevait Jun Asabuki. Izumida l'avait dit : c'était elle la grande bénéficiaire de ce meurtre !

Natsuhiko et Aki Kiryu avaient chacun une raison de vouloir se débarrasser de quelqu'un. Avaient-ils conclu un échange ?

Chisako essayait de chasser cette idée de son esprit, mais l'affreux soupçon avait pris racine dans son cœur...

Le fait même qu'ils se soient trouvés à Fukuoka le jour du meurtre devenait suspect... N'était-ce pas parce qu'il savait que l'on allait tuer le professeur Tôdô que Natsuhiko lui avait proposé cette « escapade en amoureux » ? Il avait besoin de se forger un alibi irréfutable pendant que sa complice agissait !

S'il y avait effectivement eu un accord entre eux, elle avait tué le professeur et, en échange, Natsuhiko aurait donc tué Mahoko Hayashi...

— Mademoiselle Tanaka ! dit le jeune journaliste. Chisako !...

Il lui tapota l'épaule. Chisako sursauta et se mit à toussoter en mettant la main sur son visage.

— Etes-vous sûre que cela va ? s'inquiéta-t-il.

— Oui, oui...

— Je vais vous raccompagner.

— Non, merci, ce n'est pas la peine. Je voudrais vous poser encore une question...

— Allez-y.

— Quel genre d'alibi Aki Kiryu a-t-elle pour le soir du meurtre ?

Si la chanteuse avait un alibi un peu douteux, l'hypothèse d'un échange de victimes se réduisait considérablement, mais Izumida se montra catégorique.

— Elle a un alibi en béton ! Elle était dans une station de ski avec des amies, aucun doute n'est possible.

— Ah bon...

Essayant de résister à l'abattement qui s'emparait d'elle, Chisako s'accrocha à un dernier espoir.

— A-t-elle l'habitude de faire du ski en hiver ?

Si elle allait régulièrement dans cette station de ski, peut-être ne s'agissait-il pas d'un alibi fabriqué de toutes pièces, mais tout simplement d'un hasard.

— Très bonne question ! fit Izumida avec un petit rire. J'ai appris avec un grand intérêt qu'elle s'était mise au ski pour la première fois cet hiver ! Ça lui a tellement plu, paraît-il, qu'elle a l'intention d'y retourner l'année prochaine. Je ne peux pas m'empêcher de me demander si cette passion subite ne dissimule pas la fabrication d'un alibi à toute épreuve…

Les mots du journaliste étaient autant de pointes acérées qui lui perçaient le cœur. Chisako revit Natsuhiko la serrant contre lui avec passion dans la chambre de leur hôtel à Fukuoka. Ne l'avait-il emmenée que pour avoir un alibi « en béton » ?

— Quels renseignements possède-t-on sur l'homme qui était dans le bar ?

— D'après le communiqué de la police, il a entre trente et quarante ans. Un type assez grand, vêtu d'un costume noir, une voix assez rauque et pas de lunettes. Enfin, comme il a laissé un carton demandant un titre de Kiyoko Suizenji, il est possible qu'il aime les chansons de style *enka*…

Sans rien dire, Chisako essayait de comparer la description du suspect et de Natsuhiko. Celui-ci n'avait que vingt-sept ans, mais il faisait plus vieux que son âge et pouvait très facilement passer pour un homme de plus de trente ans ; il faisait un mètre soixante-dix et ne portait pas de lunettes… Certes, sa voix n'était pas rauque et il détestait tout ce qui était chanson du style *enka*, mais il pouvait avoir voulu donner le change…

Ce rapide examen n'offrait aucun élément permettant de la rassurer, au contraire.

Elle était désespérée.

Etait-ce Natsuhiko qui avait tué Mahoko Hayashi ?

4

Elle refusa poliment qu'il la raccompagne et rentra seule à son hôtel. Une fois dans sa chambre, elle se laissa lourdement tomber sur le lit et resta immobile, à bout de forces, incapable de s'endormir. Les visages de Natsuhiko et d'Aki Kiryu tournoyaient devant ses yeux fatigués tandis qu'une question lancinante l'obsédait.

Un double meurtre ?... Un double meurtre par procuration ?...

Terrassée par la jalousie et la peur, elle resta longtemps allongée sur le dos, figée dans la même posture.

Soudain, le téléphone sonna. Chisako tressaillit d'effroi ; après quelques secondes d'hésitation, elle décrocha.

— C'est moi, Izumida, fit une voix d'homme. Je suis à la réception, pourriez-vous descendre, s'il vous plaît ? Il est tard, je le sais, mais il faut absolument que je vous parle !

— Mais...

— Il s'agit d'Aki Kiryu...

Chisako regarda sa montre : il était onze heures.

— J'arrive, dit-elle.

Il y avait encore de l'animation dans le hall de réception ; quand elle entra, Izumida lui fit un petit signe de la main.

— Comment savez-vous que je suis descendue dans cet hôtel ? demanda-t-elle en s'asseyant sur le canapé en face de lui.

Le reporter eut un petit sourire.

— J'ai joué à Sherlock Holmes. A votre léger accent du Kansai, j'ai tout de suite compris que vous n'étiez pas de Tokyo… Si vous n'étiez de passage que pour un jour ou deux, me suis-je dit, il y avait de fortes chances pour que vous ayez réservé une chambre dans un des hôtels de Ginza, le quartier préféré des jeunes femmes de votre génération. En demandant Mlle Chisako Tanaka, je vous ai facilement retrouvée au bout de quelques coups de fil… Vous voyez, c'est simple !

— Et qu'avez-vous de si important à me dire ?

Izumida alluma une cigarette avant de répondre.

— Après vous avoir quittée tout à l'heure, je suis passé au journal et j'ai trouvé un message d'Aki Kiryu.

Il sortit un petit papier froissé de sa poche.

Si nous prenions un verre ? Appelez-moi… Suivaient la signature et le numéro de téléphone de la chanteuse.

— D'après mes collègues, elle est venue m'attendre aussitôt son concert au *Night Rain* terminé ; quand je l'ai appelée pour m'excuser de ce qu'il était trop tard pour ressortir ce soir, elle a commencé à me poser toutes sortes de questions à votre sujet. Elle n'avait pas cru une seconde à cette histoire d'assistante et voulait savoir votre vrai nom, qui vous étiez et d'où vous veniez…

— Que lui avez-vous dit ?

— Rien, bien sûr… C'était même facile puisque je ne sais rien de vous ni pourquoi vous vous intéressez tant à Aki Kiryu…

Chisako baissa les yeux.

— Je ne…

Il l'interrompit d'un petit geste de la main.

— Je ne vous demande rien, dit-il. Je suis venu uniquement parce que je m'inquiète à votre sujet…

En d'autres circonstances, Chisako aurait sans doute compris quel genre d'inclination poussait le jeune homme à s'inquiéter pour elle, mais elle n'avait même plus la force de réagir.

— Pourquoi vous inquiétez-vous à mon sujet ? demanda-t-elle.

Il écrasa sa cigarette dans le cendrier.

— Je ne sais pas ce que vous voulez à Aki Kiryu, expliqua-t-il, mais je tiens à vous avertir que vous jouez un jeu dangereux car c'est une personne redoutable. Vous n'appartenez pas, je le vois bien, au monde des artistes et des vedettes de la chanson : c'est un monde de requins sans pitié. Dans ce milieu, nombreux sont les candidats à la gloire prêts à tout pour réussir, et je vous garantis qu'Aki Kiryu n'est pas une des moins féroces ! La mort de Mahoko Hayashi est une occasion unique pour elle de renouer avec le succès, et rien, et surtout pas une gentille petite jeune fille comme vous, ne l'arrêtera...

— Serait-elle capable de tuer ?

— N'exagérons rien ! Il n'empêche que si vous êtes un obstacle sur sa route, elle peut être dangereuse.

Chisako resta silencieuse, tête baissée : si Natsuhiko et Aki Kiryu étaient liés dans une sinistre affaire de meurtre, elle devenait, en effet, un obstacle de taille...

— Ne vous inquiétez pas, murmura-t-elle, je vais quitter Tokyo dès demain matin.

— Déjà ? fit Izumida déçu.

— Oui, répondit-elle. Quand vous reverrez Aki Kiryu, dites-lui que je ne suis plus à Tokyo.

— Mais moi, j'aimerais bien vous revoir ou savoir, au moins, où vous joindre.

— Je suis désolée...

Il eut un petit sourire doux-amer.

— Très bien, n'en parlons plus.

Il se leva, s'inclina poliment et se dirigea vers la sortie.

Chisako le regarda s'éloigner. Au moment où il allait franchir le seuil de l'hôtel, elle se leva à son tour et l'appela.

— J'habite à Kyoto, dit-elle.

Il se retourna, arborant un beau sourire.

— Kyoto ?

— Oui, en banlieue. Si vous voulez m'appeler, voici mon numéro de téléphone.

Izumida sortit précipitamment un petit carnet, comme s'il craignait qu'elle ne change d'avis.

— Je vous appellerai, c'est promis, même si je n'apprends rien de nouveau à propos d'Aki Kiryu.

Cette fois-ci, il sortit pour de bon.

Quand il eut disparu, elle se laissa retomber, découragée, sur le canapé.

Bref répit

1

De bonne heure le lendemain matin, Chisako quitta Tokyo le cœur lourd à l'idée de retrouver Natsuhiko.

A midi, elle était déjà arrivée à Kyoto ; elle avait donc toute l'après-midi de libre devant elle. (Ayant décidé de quitter son travail à la fin du mois à l'approche de son mariage, elle n'avait pas hésité, en effet, à demander deux jours de congé pour monter à Tokyo.) Comme elle n'avait aucune envie de rentrer directement chez elle, elle décida de faire un tour dans le grand magasin en face de la gare.

Marchant au hasard entre les rayons, elle s'aperçut au bout d'un moment qu'elle regardait les polos pour hommes et les cravates en se demandant si tel ou tel modèle irait à Natsuhiko…

Je l'aime donc à ce point ?… se dit-elle tristement.

En fin d'après-midi, au moment même où elle refermait la porte de son appartement, le téléphone sonna.

— Allô ? fit la voix de Natsuhiko.

Elle eut envie de lui raccrocher au nez, mais sa main tenant le combiné se raidit.

— Je suis content de t'entendre, dit-il. Ne sachant pas exactement à quelle heure tu rentrerais, j'ai essayé plusieurs fois de t'appeler depuis hier soir. On se voit tout à l'heure ?

— Pas aujourd'hui, répondit-elle, je suis fatiguée. Demain, si tu veux…

Un peu étonné de sa réaction, Natsuhiko hésita une seconde.

— J'ai très envie de te voir ce soir, insista-t-il. Je peux venir si tu es trop fatiguée pour ressortir…

Il était si pressant qu'elle finit par céder.

— Bon, je vais venir…

— Vraiment ?

— Oui…

— Merci ! Je t'attends, dit-il joyeusement avant de raccrocher.

Chisako s'assit devant son miroir à trois faces : c'était la première fois qu'elle allait, la mort dans l'âme, à un rendez-vous avec Natsuhiko.

Elle savait qu'en face de lui, elle n'aurait pas la force de faire comme si de rien n'était, et en même temps elle redoutait de lui faire subir un interrogatoire. S'ils commençaient à discuter, peut-être en arriveraient-ils à un point de non-retour ?… Assaillie de sombres pressentiments, elle arrangea son maquillage et sortit.

Natsuhiko l'attendait comme d'habitude au pied de son immeuble ; elle frémit en l'apercevant.

— Mais tu es gelée ! lui dit-il en passant affectueusement son bras autour de ses épaules.

Une fois chez lui, il l'installa dans le *kotatsu* et mit de l'eau à chauffer pour le café.

Chisako éprouva une profonde tristesse en constatant que les efforts de Natsuhiko pour la mettre à l'aise ne lui causaient aucun plaisir.

Il revint de la cuisine et s'assit à côté d'elle dans le *kotatsu.*

— Telle que je te connais, je ne pensais pas que tu resterais si longtemps à Tokyo ; je m'attendais même à ce que tu reviennes dès hier soir après la cérémonie de mariage de ton amie. C'est pour cela que je t'ai appelée plusieurs fois. Finalement, tu en as profité pour te promener un peu dans Ginza, n'est-ce pas ?

Au lieu de répondre, elle lui tendit les petits gâteaux de riz et le raifort au saké qu'elle lui avait achetés dans le train du retour. Il la remercia et revint à sa question.

Chisako prit alors la décision de lui parler d'Aki Kiryu.

— Après le mariage, je suis allée rencontrer quelqu'un…

— …

— Mais ne te méprends pas, ajouta-t-elle aussitôt. Il s'agit d'une femme, pas d'un homme.

Tout en ayant l'impression d'avancer vers un précipice, elle savait qu'une fois lancée, plus rien ne pourrait l'arrêter de parler.

— Une femme ? demanda Natsuhiko intrigué. Qui donc ?

— Quelqu'un que tu connais peut-être…

— Si c'est une femme, reprit-il en souriant, tu n'es pas obligée de me dire son nom.

— Avant, il y a une chose que je voudrais te demander.

— Toutes tes questions ne peuvent entraîner qu'une seule réponse de ma part : je t'aime et ne peux pas envisager de vivre sans toi.

— Il ne s'agit pas de cela.

— Qu'est-ce donc alors ? Je t'écoute.

— Je voudrais savoir où tu étais et ce que tu as fait le 10 de ce mois ?

Natsuhiko eut un petit rire.

— Le 10 ?

— Oui, réponds-moi.

Il croisa les bras et regarda le plafond.

— Le 10... Si je ne m'abuse... j'ai passé une excellente soirée avec une très jolie jeune femme...

— Je ne plaisante pas.

— Moi non plus, puisque j'étais avec toi !

— Comment cela ? dit Chisako complètement déconcertée.

— Bien sûr, tu ne t'en souviens pas ? Après le conseil de la faculté, je t'ai invitée au restaurant et, de retour chez moi, nous avons même trouvé le moyen de nous disputer pour une broutille afin de mieux nous réconcilier !

— Mais, je n'ai rien noté sur mon agenda ce jour-là...

— Si tu ne me crois pas, tu peux téléphoner au restaurant, j'avais réservé la table à mon nom.

Chisako sortit un petit carnet de son sac, le feuilleta, poussa soudain un petit cri et se mit à pleurer.

A Tokyo, quand Izumida l'avait quittée, dans son affolement, elle s'était trompée de mois en vérifiant la date fatidique du 10 au soir. Maintenant, elle avait la preuve, notée par elle-même dans son agenda, qu'il n'y avait pas eu de « meurtre par procuration » et que Natsuhiko n'avait pas tué Mahoko Hayashi !

— Qu'as-tu donc ? lui demanda-t-il en se penchant vers elle. Pourquoi pleures-tu ?

— C'est plus fort que moi, répondit-elle tout en cherchant à essuyer ses larmes. Je ne peux pas m'en empêcher.

— Quelle étrange petite fille tu es, lui dit-il en passant la main dans ses cheveux.

— Etrange et bien bête petite fille ! reprit-elle d'une voix convaincue.

Un sourire radieux éclaira son visage encore baigné de larmes.

— Qui as-tu rencontré à Tokyo ?

— Cela n'a pas d'importance ; je n'ai rencontré personne à Tokyo.

— Décidément, je ne comprends rien à ton histoire.

— Il n'y a rien à comprendre...

— Bon, en tout cas, maintenant que je t'ai à côté de moi, je te garde et tu ne vas plus à Tokyo. D'accord ?

— Oui, fit-elle en se blottissant contre lui. D'ailleurs, je déteste Tokyo !

Toute à la joie de son bonheur retrouvé, elle ne remarqua pas à quel point Natsuhiko était pâle.

2

Chisako n'arrivait pas à comprendre comment elle avait pu soupçonner Natsuhiko de meurtre. Le scénario qu'elle avait imaginé lui semblait désormais grotesque et elle avait honte d'avoir cédé à une forme de jalousie instinctive et sans fondement. Même l'exemplaire de *Leisure News* qu'elle avait trouvé dans l'appartement de Natsuhiko ne signifiait rien : il avait dû, en effet, rencontrer Aki Kiryu dans le cadre de la communauté japonaise de New York et avait acheté le magazine justement parce qu'un article lui était consacré. Il n'y avait rien d'étrange ni d'exceptionnel à cela...

Elle était furieuse contre elle-même d'avoir pensé que leur petit voyage d'amoureux à Fukuoka ait pu dissimuler quelque mobile sordide. Natsuhiko l'aimait et elle avait risqué de tout gâcher par de stupides soupçons...

Certes, la police n'avait toujours pas retrouvé le meurtrier du professeur Tôdô et l'énigme de la mort de la patronne du bar *Laforêt* restait entière, mais ces deux tragiques faits divers s'étaient brusquement éloignés et ne la concernaient plus. La rencontre à Tokyo avec l'arrogante Aki Kiryu n'était qu'un vague mauvais souvenir et elle avait oublié jusqu'aux traits du visage du jeune reporter Izumida.

Seul Natsuhiko comptait désormais…

A l'approche du Jour de l'An, elle l'aida à préparer ses cartes de vœux. Ils choisirent soigneusement ensemble les phrases et les formules de politesse qui convenaient à un jeune et brillant professeur adjoint. Ils en avaient déjà écrit quelque cinq cents [1], quand soudain Natsuhiko releva la tête et la regarda.

— L'année prochaine, j'aimerais bien que nous signions « Natsuhiko et Chisako Hino ».

Le 31 décembre au matin, elle alla chez le coiffeur et passa ensuite l'après-midi à ranger l'appartement de Natsuhiko. Lui laissant les plats traditionnels du Jour de l'An qu'elle avait préparés la veille, elle se rendit au temple pour prier et entendre les cloches de bronze annoncer la nouvelle année. L'année prochaine, ils seraient mariés et viendraient prier ensemble.

Le 1er janvier, elle se réveilla heureuse. Il neigeait légèrement dehors et la date de son mariage avait été fixée au 25 avril.

Selon la tradition, le 2, Natsuhiko se rendit chez Kuroki qui était désormais professeur en titre du département afin de lui présenter ses vœux. Pendant son absence, Chisako entreprit de classer les nombreuses cartes de vœux qu'il avait reçues.

Il y en avait plusieurs centaines, à peu près autant qu'il en avait envoyé ; elle ne put s'empêcher de remarquer avec un petit sourire qu'aucune n'était signée Aki Kiryu.

1. C'est beaucoup mais pas exagéré, les cartes de vœux sont un rituel important de la vie japonaise.

Dans un magazine féminin, elle avait vu un article annonçant la sortie prochaine d'un nouveau disque du jeune chanteur Manami Asada, « paroles et musique d'Aki Kiryu et Jun Asabuki ». Elle avait haussé les épaules et la revue avait rejoint la pile de journaux destinés à la poubelle... L'affaire du club *Laforêt* ne la concernait pas et, au fond, peu lui importait également l'absence de résultats dans l'enquête sur le meurtre du professeur Tôdô.

Seules trois cartes n'étaient pas signées. Elle les étala sur la table devant elle, un peu étonnée de cette façon cavalière de souhaiter la bonne année, quand soudain le téléphone sonna. C'était un ami de Natsuhiko qui, confus, voulait s'excuser d'avoir par inadvertance posté une pile de cartes en oubliant de les signer. Il en restait donc deux qu'elle observa avec attention.

C'étaient deux cartes ordinaires de Nouvel An rédigées à la main.

Félicitations pour votre nomination ; je forme des vœux tout particuliers pour cette année.

Bravo et qu'en cette nouvelle année tous nos projets se réalisent.

L'écriture était différente mais les messages étaient similaires dans leur banalité même. Il n'y avait aucune mention de nom ni d'adresse ; deux ou trois oublis sur cinq cents représentaient sans doute un pourcentage inévitable et incompressible de gens distraits...

Les laissant de côté, Chisako entreprit de faire une pile des cartes auxquelles Natsuhiko avait l'obligation de répondre et commença même à rédiger les adresses.

Cette petite tâche qui la faisait pénétrer dans l'univers des relations de Natsuhiko lui plaisait. Quand il rentra, elle s'y appliquait encore et ne lui posa aucune question. Ces deux cartes anonymes n'avaient pas d'importance.

3

La nouvelle année semblait avoir opéré deux changements chez Natsuhiko. Tout d'abord, il s'était habitué à son nouveau titre de professeur adjoint et n'avait plus l'air étonné qu'il prenait au début de sa nomination quand on l'appelait « Monsieur le professeur ». Il avait publié plusieurs articles dans la revue de l'université et laissait volontiers paraître la fierté légitime qu'il tirait de sa nouvelle situation. Chisako était contente de cette assurance qui augurait bien de sa future carrière.

L'autre changement était un petit détail anodin qu'elle avait vite remarqué : il s'était mis à marquer d'une croix chaque jour qui passait sur le calendrier accroché au mur de sa cuisine.

— Que notes-tu ainsi ? lui demanda-t-elle un soir.

— Les jours qui me séparent de notre mariage, avait-il répondu avec emphase. Les derniers jours d'un condamné au bonheur à perpétuité…

— Deviendrais-tu galant avec l'âge ? avait-elle répliqué en riant.

Elle aussi comptait les jours qui la rapprochaient du 25 avril et elle était ravie de constater que Natsuhiko avait eu la même idée sous une forme un peu enfantine.

La vue du calendrier et de la progression des croix au feutre rouge devint un vrai plaisir : janvier, février, mars, avril… le 25 avril !

4

L'équipe du commissaire Kozakai commençait l'année sur un cuisant échec : l'enquête sur le meurtre du professeur Tôdô n'avait pas progressé d'un pouce et les policiers avaient l'impression de se heurter à un mur.

On avait systématiquement fouillé la vie du professeur jusqu'à l'époque où il était encore étudiant, sans réussir à faire apparaître le moindre suspect; d'autre part, le mystère de la serrure semi-automatique restait entier et semblait narguer les enquêteurs.

Refusant de jouer les héros de romans policiers, le commissaire Kozakai ne voulait pas croire que l'assassin avait monté un classique « mystère de chambre close » et préférait pour l'instant attribuer à un mystérieux hasard encore inexpliqué l'absence d'empreintes suspectes sur le bouton de la porte.

A Tokyo, l'enquête sur la mort de Mahoko Hayashi n'était pas plus avancée.

L'inspecteur Mizunuma avait examiné un par un l'emploi du temps de tous les suspects sans aboutir à aucune conclusion. L'enquête s'était révélée particulièrement difficile car les clients du club *Laforêt* étaient souvent des gens connus ou importants qui acceptaient mal de subir les questions des policiers. Les indices concernant le meurtrier étaient si minces que l'inspecteur avait le sentiment de mener ses recherches à l'aveuglette et se demandait parfois si le meurtre de Mme Hayashi n'était pas le sordide acte gratuit d'un déséquilibré.

Vers la fin de janvier, la compagnie Sun Records sortit le disque d'une nouvelle chanson écrite par Aki Kiryu sur une musique de Jun Asabuki. Sous le titre racoleur de *Tue-moi!* qui évoquait de façon à peine voilée le meurtre du club *Laforêt*, la chanson bénéficia instantanément d'un immense succès de scandale et les ventes s'envolèrent, pour la plus grande satisfaction des services commerciaux de la production. Quand l'inspecteur Mizunuma apprit que les ventes avaient dépassé les cinquante mille exemplaires en une semaine, il se demanda même si Sun Records n'avait pas commandité toute l'affaire dans le cadre d'une campagne de marketing sauvage!

En tout cas, ni à Tokyo, ni à Kyoto, les enquêteurs ne pensaient à faire un lien entre les deux crimes impunis.

5

Les croix rouges avaient fini par remplir tout le mois de janvier. Encore trois mois… se disait Chisako en regardant le calendrier.

Elle venait tous les jours à l'appartement de Natsuhiko, mais rentrait dormir chez elle, non pas tant par pudibonderie que pour garder toute sa signification à la cérémonie du mariage. Natsuhiko était d'accord avec elle et ils se faisaient tous les deux une fête de cette attente du jour où elle emménagerait définitivement chez lui. Ils iraient à Hawaï en lune de miel et avaient commencé à acheter les meubles et les ustensiles nécessaires à leur ménage.

Confiante et heureuse, Chisako avait quitté son travail pour se consacrer à la préparation de son trousseau, quand soudain, au début du mois de février, un incident vint ébranler toutes ses fragiles certitudes.

Le 2 février, Natsuhiko n'était pas encore rentré de l'université et elle était chez lui à l'attendre. Le dîner était prêt ; elle avait fait un peu de rangement, ce qu'elle appelait en souriant ses « exercices de femme au foyer ». Désœuvrée, elle s'approcha du calendrier et le regarda pour la énième fois : la moitié supérieure reproduisait un tableau champêtre par un célèbre peintre japonais et les douze mois de l'année se succédaient dans la moitié inférieure.

Le 1er février était également marqué d'une croix rouge, mais un chiffre écrit tout petit au crayon en dessous attira son attention : Natsuhiko avait griffonné 68 ; elle hocha la tête pensivement.

Reste-t-il soixante-huit jours d'ici notre mariage ? se demanda-t-elle.

Non, un rapide calcul lui apprit qu'il y avait encore quatre-vingt-deux jours avant le 25 avril. Dans soixante-huit jours, ce serait le 10 avril et, pour autant qu'elle s'en souvienne, ni Natsuhiko ni elle-même n'avaient rien prévu de particulier à cette date.

Que signifiait ce chiffre ?

Intriguée, mais point du tout inquiète, elle attendit le retour de son fiancé et l'interrogea tout en préparant devant lui une fondue de *sukiyaki*.

— Que signifie le chiffre 68 sur le calendrier ?

Elle avait posé sa question sur un ton tout à fait anodin et eut la surprise de le voir rougir instantanément jusqu'aux oreilles.

— Ce n'est rien ! grommela-t-il en posant brutalement ses baguettes sur la table comme si la question lui avait coupé l'appétit.

— Je suis désolée, dit-elle, je n'avais pas l'intention d'être indiscrète...

— C'est quelque chose qui ne te concerne pas, voilà tout, reprit-il de mauvaise humeur sans même daigner la regarder.

Chisako avait beau se dire qu'il s'agissait certainement de quelque souci administratif lié à l'université, le ton très dur de Natsuhiko la faisait terriblement souffrir et toute la joie de leur petit dîner en tête à tête avait disparu.

Il restait silencieux, l'air buté, sans plus toucher au repas qu'il dégustait jusque-là avec des mines gourmandes. Elle s'excusa à nouveau et se leva pour quitter la table. Au lieu de la rappeler comme elle espérait qu'il le ferait, il resta les bras croisés, plongé dans quelque sombre réflexion. Il ne lui proposa même pas de la raccompagner jusqu'à mi-chemin comme il le faisait tous les jours.

Elle rentra seule chez elle, incapable de retenir ses pleurs.

6

A partir de ce soir-là, l'attitude de Natsuhiko redevint bizarre. Il se mettait en colère pour un rien, puis redevenait gentil, évoquant leur prochaine vie commune avec émotion ou se mettant à pester sans raison. Son regard, le plus souvent vague et perdu dans le lointain, avait d'inquiétants éclairs de terreur. Livrée à son humeur fantasque, Chisako en vint à se demander s'il avait toujours envie de l'épouser.

Les hommes, paraît-il, se lassent des femmes qu'ils connaissent trop bien... Les conseils ridicules de psychologie amoureuse dispensés par les magazines féminins lui revenaient, malgré elle, à l'esprit. Elle savait pertinemment que ce n'était pas le cas de Natsuhiko et cctte certitude ne faisait que renforcer son angoisse : pourquoi alors avait-il à nouveau changé ?

Elle revoyait la scène à l'aéroport Kennedy de New York, la pluie fine et froide à Haneda et l'incompréhensible colère de Natsuhiko quand elle avait ramassé le porte-clés représentant un petit Noir américain...

Il avait en outre effacé le chiffre 68 griffonné au crayon sur le calendrier et ne lui en avait plus jamais reparlé, ce qui était une manière inconsciente de donner encore plus d'importance à l'incident.

Elle avait envisagé toutes les possibilités : si le chiffre indiquait des jours, il s'agissait du 10 avril, s'il s'agissait d'heures, il aurait dû continuer le décompte les jours suivants, mais il n'avait rien noté et rien d'exceptionnel ne s'était passé, sinon sa brusque colère.

Elle ne comprenait pas, mais avait le pressentiment que ce chiffre était un présage funeste.

Une quinzaine de jours passèrent dans une atmosphère tendue. Un soir, Natsuhiko lui annonça qu'il devait s'absenter pendant trois jours.

— Je suis invité par la compagnie du gaz du Tohoku à participer à un séminaire et à donner une conférence à Sendai. J'aimerais bien t'emmener, mais cette fois-ci, c'est un peu difficile…

— Ne t'inquiète pas pour moi, dit-elle en pensant sincèrement qu'au point où ils en étaient, deux ou trois jours de séparation ne pouvaient que leur être profitables.

— Je te rapporterai un petit cadeau souvenir !

Le matin du 16 février, à onze heures, il embarqua sur un vol direct Osaka-Sendai.

A quatorze heures, il appela Chisako chez elle.

— Ce soir, nous avons une réception de bienvenue dans les salons de l'hôtel, dit-il. Mais le programme du séminaire et des conférences est rudement chargé !

Elle sourit au son de sa voix : il y avait longtemps qu'il ne lui avait pas parlé aussi gentiment.

— J'aimerais bien écouter ta conférence…

— Je la referai rien que pour toi à mon retour ! promit-il joyeusement.

Le lendemain, Chisako se rendit dans l'appartement, fit un peu de ménage et de lessive tout en pensant à la conférence qui se déroulait au même moment à Sendai.

*

Le même jour, à Tokyo, un homme mourait, assassiné.

La troisième victime

1

Un homme âgé, assez grand et de belle allure, marchait à grandes enjambées sur le trottoir qui fait le tour de l'énorme bâtisse de la Diète japonaise. Une canne à la main et vêtu d'un veston croisé noir, il ne manquait pas de prestance, s'arrêtant de temps en temps pour respirer profondément avant de repartir d'un bon pas. A l'approche du bâtiment principal, il regarda sa montre et sourit : il était sept heures onze.

Le grand tour en vingt minutes… se dit-il, j'ai encore bon pied bon œil !

Au moment de traverser, il aperçut une voiture qui arrivait dans sa direction ; le conducteur freina et s'arrêta pour le laisser passer. Le vieil homme leva sa canne en signe de remerciement et s'engagea sur la chaussée : aussitôt, la voiture redémarra et fonça sur lui…

Il eut à peine le temps de crier.

La voiture le heurta de plein fouet, le projetant au sol et faisant voler sa canne qui retomba sur le macadam avec un bruit sec.

2

Deux ou trois minutes plus tard, un agent faisant sa ronde le découvrait et appelait aussitôt Police-Secours.

L'homme respirait encore. Pendant le transport à l'hôpital, il répéta plusieurs fois qu'il s'appelait Seinosuke Kurokawa. Ce nom ne disait rien au jeune ambulancier, mais, en se penchant sur le blessé, il remarqua un petit badge doré fixé au revers de sa veste et sursauta : le vieil homme était un député membre de la Diète !

Tandis qu'il était immédiatement emmené en salle d'opération, on prévint le bureau central de la Diète de l'accident.

Nobuo Hara, le secrétaire et dauphin du député Kurokawa, arriva aussitôt et attendit la fin de l'opération en arpentant nerveusement le couloir du service des urgences.

Cet accident risquait de compromettre tous ses projets de carrière ! Seinosuke Kurokawa devait, en effet, être nommé ministre d'Etat lors de la formation du prochain cabinet et Nobuo Hara comptait sur cette promotion pour se lancer, lui aussi, dans la politique. Le patronage du ministre serait un atout déterminant pour leur circonscription de Kochi... C'est pourquoi il se précipita d'un ton presque hargneux sur le chirurgien qui sortait de la salle d'opération.

— Comment va-t-il ? Vous arriverez à le sauver, n'est-ce pas ?

— Je ne puis encore rien dire, répondit sèchement le chirurgien. Bien qu'il n'y ait ni fracture du crâne ni rupture du tympan, il souffre d'une importante hémorragie interne au niveau des méninges et il est trop tôt pour se prononcer.

— A-t-il une chance sur deux de s'en tirer ?

— Dans l'état actuel des choses, je l'espère...

Quelques heures plus tard, passant outre l'interdiction des médecins, Nobuo Hara s'approcha du chevet du vieil homme qui semblait avoir assez bien récupéré après le choc opératoire.

— Préviens la faction que je serai bientôt sur pied et en mesure d'assumer toutes les responsabilités qui me seront confiées, murmura-t-il.

— Entendu, fit le secrétaire.

Dans ces conditions, il était probable que la faction ne proposerait pas d'autre candidat pour le poste de ministre.

Le policier chargé du constat intervint à son tour.

— Avez-vous vu le conducteur ?

— J'ai eu l'impression qu'il s'agissait d'un homme jeune.

— Quel type de véhicule était-ce ?

— Une estafette blanche...

— Très bien, je vous remercie, fit le policier.

Il sortit et prévint le commissariat central de Tokyo.

3

L'affaire ayant toutes les apparences d'une tentative d'assassinat sur un homme politique important, membre de la Diète, le commissaire Kuga, de la première brigade criminelle de Tokyo, se rendit immédiatement à l'hôpital avec plusieurs de ses hommes.

Cette fois-ci, le médecin interdit formellement toute nouvelle visite.

— Son état s'est brusquement aggravé, expliqua-t-il.

Les policiers se rabattirent alors sur Nobuo Hara.

— Il est clair qu'on a cherché à le tuer ! affirma d'emblée le secrétaire.

Kuga ne dit rien.

— Une estafette blanche... Elle s'est d'abord arrêtée comme pour le laisser passer et ensuite lui a foncé dessus !

— M. Kurokawa a-t-il l'habitude de se promener ainsi tôt le matin ?

— Oui, il fait le tour de la Diète tous les matins pour se maintenir en forme.

— A la même heure ?

— Absolument. C'est un véritable rituel quotidien : il se lève à sept heures pile, fait sa promenade matinale en vingt minutes et revient prendre son petit déjeuner.

— De nombreuses personnes sont-elles au courant ?

— L'année dernière, il a publié un livre de souvenirs dans lequel il en parle. Tous les gens qui l'ont lu le savent.

— L'homme attendait donc son passage…

— C'est évident ! Il allait faire partie du prochain gouvernement et cela déplaisait à certains…

Après avoir un instant envisagé l'acte d'un groupe étudiant extrémiste, le commissaire abandonna cette hypothèse : membre du parti conservateur, Seinosuke Kurogawa n'avait pas d'image très marquée et ne constituait pas une cible susceptible de provoquer des remous dans l'opinion.

Un inspecteur vint annoncer que l'on avait trouvé une estafette blanche suspecte dans le parc de Chidori-gafuchi.

Le commissaire Kuga se rendit aussitôt sur les lieux dans une voiture de patrouille.

En cette saison, les petites barques de location qui attirent les amoureux à partir du printemps étaient encore rangées à terre, et les berges du lac servaient de parc de stationnement sauvage à de nombreux véhicules. Le commissaire en compta une vingtaine, parmi lesquels une estafette blanc ivoire neuve dont l'aile gauche était enfoncée et le phare brisé.

Une équipe de spécialistes était déjà au travail en train d'examiner le véhicule.

— Avez-vous trouvé quelque chose ? leur demanda-t-il.

— Nous avons déjà la preuve qu'il s'agit bien de l'estafette en question, répondit l'un des policiers en relevant la tête. Les débris de verre ramassés sur le lieu de l'accident s'encastrent exactement dans l'armature du phare.

— Et le propriétaire ?

— D'après le numéro d'immatriculation, il s'agit d'une voiture volée aujourd'hui même à un marchand de fruits d'Ueno. Le propriétaire avait laissé la clé sur le tableau de bord hier soir et s'est aperçu de la disparition ce matin vers huit heures.

Le commissaire eut une grimace de dépit : cela commençait mal.

Comme pour lui donner raison, le policier ajouta en s'excusant qu'il n'y avait pour l'instant aucun autre indice : le voleur devait porter des gants et les seules empreintes digitales relevées appartenaient très certainement au propriétaire.

De retour à l'hôpital, une autre mauvaise nouvelle attendait le commissaire.

Seinosuke Kurokawa venait de mourir d'une hydropisie du cerveau.

La tentative d'assassinat devenait meurtre avec préméditation.

4

Kuga fut convoqué par le directeur de la police.

— Il s'agit d'une affaire spéciale et délicate, lui dit-il. Je compte sur vous pour aboutir rapidement.

Le commissaire sourit intérieurement : « affaire spéciale et délicate » signifiait tout simplement que le grand patron craignait de se faire passer un savon si l'enquête sur la mort d'un membre de la Diète traînait.

Il acquiesça et retourna dans son bureau feuilleter l'exemplaire d'*Une vie au service du peuple*, l'autobiographie de Seinosuke Kurokawa, que lui avait prêté Nobuo Hara.

C'était manifestement un livre de commande qui avait dû être rédigé par quelque plumitif de service dans le cadre d'une campagne électorale. Comme le secrétaire le lui avait dit, un chapitre intitulé « Le secret de ma forme » racontait en détail sa promenade matinale.

Quand je séjourne à Tokyo, tous les matins à sept heures, je fais sans faute à pied le tour des bâtiments de la Diète : c'est non seulement un moyen facile de me maintenir en forme, mais aussi l'occasion de réfléchir à l'avenir de notre pays. N'est-ce pas à la Diète que se prennent les grandes décisions qui nous engagent tous ? Pour un homme politique au service du peuple comme moi...

L'assassin avait dû lire le livre et s'embusquer dans une allée au petit matin.

— A combien d'exemplaires le livre a-t-il été tiré ? demanda Kuga.

— Cinquante mille ! répondit Hara sur un ton brusque.

La mort de son patron l'avait mis d'une humeur massacrante et il était à peine poli.

— Tant que cela ? s'étonna le commissaire.

Le secrétaire eut un petit rire sarcastique.

— Pour quelles raisons croyez-vous qu'on se soit donné la peine de publier un tel livre ?

— Pour des raisons électorales, j'imagine...

— Exactement, et savez-vous combien de centaines de milliers d'électeurs compte la circonscription de Kochi sur l'île de Shikoku ? De ce point de vue, cinquante mille exemplaires n'est pas un chiffre très élevé.

— Mais cela fait déjà trois législatures que le conservateur Seinosuke Kurokawa et le rénovateur Ichiro Asada se partagent les deux seuls sièges de la région, si je ne me trompe. Ils sont si solidement implantés sur leurs fiefs respectifs qu'ils n'ont rien à craindre l'un de l'autre, ni d'un troisième larron. M. Kurokawa n'avait pas besoin de cette coûteuse opération publicitaire pour se faire réélire !

— En un sens, vous avez raison, mais quand on est un homme politique de l'envergure de M. Kurokawa et que l'on vise plus haut à un destin national, il importe de faire un score maximum dans sa région.

— Je vois... fit le commissaire qui n'était pas très sûr d'avoir bien compris. Le livre a donc été distribué uniquement dans la circonscription de Kochi, n'est-ce pas ?

— Bien sûr ! Qui en aurait voulu ailleurs ? Allez-vous rapidement arrêter le meurtrier ?

— J'y compte bien...

En se rendant à la résidence des membres de la Diète, Kuga s'arrêta à l'endroit où Kurokawa avait été renversé le matin même.

Le meurtre est-il lié à la politique locale du Shikoku ? se demanda-t-il.

Le lendemain, les journaux lui réservaient une surprise de taille. Comme il s'y attendait, le meurtre du député de Kochi occupait une place importante aussi bien dans la presse écrite qu'à la radio et à la télévision, mais parmi les nombreux commentaires que l'affaire suscitait, un développement imprévu attira son attention.

UN VAINCU COMBLÉ :

AKIRA DAIMON, NOUVEAU DÉPUTÉ DE KOCHI !

Sous ce titre, une photo montrait un homme encore jeune entouré d'un petit groupe de supporters levant les bras en l'air dans un triple *Banzai* !

Le siège de M. Seinosuke Korukawa (soixante ans), député conservateur de la circonscription de Kochi, tragiquement assassiné hier matin, est revenu d'office dès hier soir à M. Akira Daimon (quarante ans), candidat indépendant, qui était arrivé en deuxième position lors des élections générales du mois d'octobre dernier. La loi stipule, en effet, qu'en cas de décès dans un délai de moins de quatre-vingt-dix jours après l'élection, le siège d'un député à la Diète est attribué automatiquement au candidat arrivé en second sans qu'il soit besoin de recourir à une élection partielle. Bénéficiant de cette particularité du code électoral, M. Daimon est vu ici félicité par sa famille et ses partisans.

Akira Daimon : « Etant donné les dramatiques circonstances de ma nomination, je veux dire tout d'abord que j'ai l'intention de servir le pays comme l'aurait fait mon aîné M. Kurokawa. »

Akira Daimon, quarante ans... Le commissaire n'avait, bien sûr, jamais entendu parler de cet obscur politicien de province, mais il tenait là, au moins, quelqu'un à qui la mort de la victime profitait indubitablement. D'autre part, les souvenirs de son rival ayant été distribués à cinquante mille exemplaires dans la circonscription, il était difficilement imaginable qu'Akira Daimon n'ait pas lu *Une vie au service du peuple*.

Pour le secrétaire Hara, il était clair que l'assassin appartenait au monde politique et il avait même suggéré quelques farouches jalousies suscitées par l'éventualité de la nomination de Kurokawa à un poste de ministre d'Etat. La principale objection à cette hypothèse était que la mort du député ne garantissait absolument pas à l'assassin l'obtention du poste de ministre : pouvait-on aller jusqu'au meurtre par simple jalousie sans avoir la garantie de résultats concrets ?

En revanche, le gain que tirait Akira Daimon de la mort de son rival était très clair...

L'enquête à Tokyo piétinait et certains policiers se demandaient s'ils n'allaient pas être obligés de classer l'affaire comme un simple accident de la circulation dont le chauffard avait pris la fuite.

Kuga décida que cela valait la peine d'aller faire une petite visite dans le Shikoku.

5

Le jour suivant, il prit l'avion pour Kochi, emmenant dans ses affaires une note sur la situation politique de la circonscription.

La lutte entre les conservateurs et les réformateurs avait une longue tradition dans cette région où seuls deux sièges étaient à pourvoir. Le commissaire Kuga examina avec soin les résultats des dernières élection générales du mois d'octobre.

Parti conservateur : Seinosuke Kurokawa (soixante ans), 107 655 voix.

Parti réformateur : Ichiro Asada (soixante-trois ans), 89 969 voix.

Indépendant non inscrit : Akira Daimon (quarante ans), 35 026 voix.

Les candidats des deux grands partis, solidement implantés à l'échelon local, se partageaient depuis des années les deux sièges de la circonscription, rendant pratiquement impossible l'émergence d'un homme nouveau. A la différence des très grandes villes où un outsider peut parfois créer la surprise, à Kochi, les jeux étaient faits : un jeune comme Daimon n'avait aucune chance face aux vieux routiers de la politique locale, Kurokawa et Asada.

Pour un homme de quarante ans, ambitieux et pressé, la disparition de l'un des deux caciques dans les quatre-vingt-dix jours suivant l'élection était apparemment le seul moyen de parvenir rapidement à la députation.

Kuga sourit : ne se laissait-il pas entraîner trop loin par son imagination ? Les hommes politiques étaient certes prêts à tout pour assurer leur carrière, mais de là à trucider froidement un adversaire…

En arrivant dans le chef-lieu de la préfecture, il fut surpris par le charme un peu vieillot des bâtiments. La ville avait échappé aux bombardements pendant la guerre et rien n'avait changé depuis. C'était une grosse bourgade provinciale et il n'était pas difficile d'imaginer qu'elle était un des bastions du parti conservateur.

Il prit un taxi pour se rendre au commissariat central, où le directeur de la police locale lui promit son aide et mit aussitôt plusieurs hommes à sa disposition. Kuga le remercia et répondit qu'il préférait pour l'instant se promener seul et prendre le pouls de la ville.

Dans une des rues commerçantes du centre-ville, une énorme pancarte annonçant *Comité de soutien à Akira Daimon* était accrochée au-dessus de la devanture d'un marchand de saké. Alors que les autres magasins commençaient à fermer, une grande animation régnait à l'intérieur.

Kuga s'approcha et entra : de la pièce au fond du magasin s'élevaient des bruits de fête, de chansons et de verres que l'on entrechoque… Les murs était tapissés d'affiches électorales vantant les nombreuses qualités d'Akira Daimon ; il était clair que le comité de soutien célébrait sans pudeur la « victoire » de son poulain.

Un homme au visage congestionné apparut dans le couloir et l'appela sans façons.

— Entrez, entrez !

Kuga sourit : on le prenait pour un supporter qui venait participer aux festivités.

— J'arrive de Tokyo, expliqua-t-il. J'aimerais rencontrer M. Daimon ; est-il là ?

L'homme se tourna vers la pièce du fond.

— Monsieur Daimon ! cria-t-il. Il y a un journaliste de Tokyo qui vous demande !

Kuga se garda de le détromper.

La cloison de papier coulissa et un homme de forte stature apparut. Vêtu d'un kimono de cérémonie, Akira Daimon portait une guirlande de fleurs autour du cou et était manifestement assez ivre.

— C'est moi, dit-il. A quel journal appartenez-vous ?

— Je ne suis pas journaliste, fit Kuga avec un petit sourire.

Akira Daimon eut un léger haussement d'épaules.

— Alors, qui êtes-vous ?

— Commissaire Kuga de la première brigade criminelle de Tokyo.

— Que me veut la police de Tokyo ?

— Je voudrais vous poser quelques questions au sujet de M. Kurokawa.

— Ah, le pauvre Kurokawa, fit Daimon en passant sa main sur son visage. Asseyez-vous... C'était un grand bonhomme et j'avais beaucoup d'admiration pour lui. Croyez bien que je regrette de devoir ma nomination à ces tragiques circonstances...

— Je comprends très bien vos sentiments... Mais, comme vous le savez, il s'agit d'un assassinat et non pas d'un accident. Nous mettons tout en œuvre pour retrouver le meurtrier.

— C'est un crime odieux. Avez-vous déjà quelque suspect ?

— Pas encore, nous sommes en train d'établir la liste de toutes les personnes possédant un mobile.

— Comme moi, par exemple ! dit Daimon en riant.

— En effet. Je suis désolé...

— Ne vous excusez pas ; je ne vais pas nier l'évidence, à savoir que la mort de M. Kurokawa est une aubaine inespérée pour moi. Il se trouve seulement que ce n'est pas moi l'assassin, c'est tout. Je peux facilement le prouver.

— Vous avez donc un alibi, je présume.

— Un alibi ? Tout de suite les grands mots... fit Daimon en regardant le calendrier accroché au mur. Quand exactement Kurokawa a-t-il été renversé par cette voiture ?

— Le 17 au matin, entre sept heures et sept heures trente.

Daimon se tourna vers la pièce du fond et appela un jeune homme qui lui servait de secrétaire.

— Vérifie sur mon agenda ce que je faisais le 17 au matin. J'étais sans doute chez moi en train de dormir, n'est-ce pas ?

— Non, répondit le secrétaire qui avait des airs d'étudiant attardé, vous avez passé la nuit du 16 au 17 à jouer au mah-jong avec des amis.

— Ah oui, c'est vrai...

— Au restaurant *Yoshino*. Vous étiez avec la patronne, le président de la chambre de commerce, Hyodo, et Taguchi, un fonctionnaire des services de la ville.

— Et voilà, dit Daimon avec un sourire au commissaire. Une nuit blanche à jouer au mah-jong, j'espère que cela vous suffit comme « alibi » !

— Je vous le dirai quand j'aurai vérifié.

— Vous ne croyez tout de même pas que je mens ?

— Où se trouve ce restaurant *Yoshino* ?

— A cinq cents mètres d'ici, dans la même rue. Voulez-vous que quelqu'un vous y conduise ?

— Non merci, je trouverai facilement tout seul.

Laissant Akira Daimon et ses supporters à leurs agapes, Kuga sortit sur le trottoir.

La ville était entourée de collines.

Dans la perspective de la rue, un grand hôtel blanc se détachait sur une des hauteurs. Un long mur de vieilles pierres noires marquait l'enceinte du restaurant *Yoshino, cuisine traditionnelle*. Les grosses et luxueuses voitures alignées sur le parking indiquaient qu'il s'agissait d'un des meilleurs endroits de la ville.

Kuga entra et demanda à voir la patronne. On l'introduisit dans une pièce à tatamis donnant sur un jardin intérieur et bientôt une femme d'une quarantaine d'années se présenta.

— Ainsi, vous venez de Tokyo, dit-elle avec un peu de nostalgie dans la voix. J'y ai vécu pendant cinq ans…

Sans doute était-ce pour cette raison qu'elle n'avait pas d'accent.

Une serveuse en kimono leur servit du thé vert dans de petites tasses.

— M. Daimon fréquente-t-il régulièrement votre établissement ? demanda-t-il.

— Il vient de temps en temps. Nous avons l'intention d'organiser un grand dîner en son honneur pour fêter son mandat de député.

— Est-il venu le 16 de ce mois ?

— Oui, c'était samedi dernier, n'est-ce pas ? Il était avec deux amis, je me suis jointe à eux et nous avons passé une nuit blanche à jouer au mah-jong.

— A quelle heure avez-vous commencé ?

— Vers dix heures, dans cette pièce, justement…

C'était une pièce de dix tatamis, décorée, dans le coin du *tokonoma*, d'un splendide bouquet traditionnel.

— Combien de temps avez-vous joué ?

— Jusqu'au lendemain midi ! dit la patronne en mettant la main devant sa bouche pour rire à petits éclats. M. Daimon était en grande forme, mais M. Taguchi et M. Hyodo, qui sont plus âgés que lui, tombaient de sommeil !

— Avez-vous joué sans interruption ?

— Oui, nous sommes tous les quatre des passionnés de mah-jong et quand nous sommes pris par le jeu, rien ne peut nous arrêter.

— Combien de parties avez-vous faites ?

— Attendez un instant…

Elle sortit et revint avec un petit carnet rempli de chiffres.

— Ce sont les points de la soirée, expliqua-t-elle en posant le carnet sur la table devant lui. Nous avons joué dix parties.

Dix parties en quatorze heures, de dix heures le soir au lendemain midi, cela correspondait tout à fait aux normes du jeu. Kuga examina avec attention les résultats.

— M. Daimon a souvent perdu, à ce que je vois…

— Oui, ce soir-là, la malchance s'est acharnée sur lui dès le départ, mais au lieu de se retirer, il a insisté chaque fois pour recommencer une autre partie et nous a ainsi tenus jusqu'au lendemain midi, sans réussir d'ailleurs à retourner le sort en sa faveur !

— Cent soixante mille points en dix parties, c'est beaucoup. Combien valait le point ?

— Un yen… répondit étourdiment la patronne avant de se mordre les lèvres.

Kuga sourit.

— Ne vous inquiétez pas, je ne fais pas partie de la brigade de répression des jeux clandestins. M. Daimon a donc perdu cent soixante mille yens en un peu plus d'une nuit de mah-jong…

C'était une somme importante.

— Il a payé sans sourciller sa dette de jeu, n'est-ce pas ?

— Oui…

— A-t-il l'habitude de jouer et de perdre si gros ?

— Non, en général, c'est plutôt lui qui gagne.

— Pourquoi a-t-il perdu ce soir-là ?

— Je n'en sais rien, ça lui a quand même porté chance puisque le voilà député maintenant.

— Qui a proposé cette soirée ?

— Je crois que c'est lui, répondit-elle en hochant la tête. Lorsque nous nous sommes séparés, il a rappelé que le vieux dicton *Qui veut jouer, perd* se vérifiait à ses dépens.

Kuga remercia la patronne et lui demanda l'adresse des deux autres compagnons de jeu.

Le fonctionnaire des services municipaux étant en mission à Tokyo, Kuga se rabattit sur le président de la chambre de commerce qui lui accorda immédiatement un rendez-vous.

C'était un petit vieillard ridé dont le témoignage confirmait en tous points celui de la patronne du restaurant.

— Daimon a joué de malchance toute la nuit, dit-il, et s'est retrouvé avec une ardoise de cent cinquante ou cent soixante mille yens !

— Avez-vous remarqué quelque chose de bizarre dans son comportement ?

— Non, à part cette guigne noire au jeu...

— Il n'a pas l'habitude de perdre, n'est-ce pas ?

— C'est exact, en général, c'est plutôt moi qui en suis de ma poche quand je joue avec lui ; mais je ne vais tout de même pas me plaindre, pour une fois que les rôles étaient inversés ! D'ailleurs, à tout malheur quelque chose est bon puisqu'il vient d'obtenir son siège de député !

Koga poursuivit son enquête auprès des débits de tabacs et des marchands de saké pour essayer de comprendre le type de relations qu'avaient entretenu Akira Daimon et Seinosuke Kurokawa.

Dans une petite ville de province, les langues se délient difficilement, et surtout en présence d'un « étranger » venu de Tokyo et commissaire de police de surcroît. En recoupant divers témoignages et grâce aux explications du chef de la police locale, Koga réussit cependant à dresser un tableau assez clair de la situation.

Douze années plus tôt, le père d'Akira Daimon, Katsuo Daimon, ancien membre influent de l'assemblée régionale, avait brigué l'un des deux sièges de députés de la circonscription lors des élections générales. Il était sorti vainqueur de la consultation à égalité avec Ichiro Asada, Seinosuke Kurokawa étant à l'époque le second sur la liste du parti conservateur. Une plainte anonyme de corruption contre l'un des responsables de son comité de soutien avait entraîné une enquête administrative : malgré ses dénégations, Katsuo Daimon avait été arrêté et destitué, permettant ainsi à son second de prendre sa place. La rumeur avait alors couru qu'il s'agissait d'une sombre machination montée de toutes pièces par Seinosuke Kurokawa…

Katsuo Daimon était mort peu après, non sans clamer jusqu'au bout son innocence. A l'époque, son fils Akira était encore étudiant et bénéficiait d'une bourse dans une université américaine.

Le résultat de sa visite à Kochi laissait Kuga perplexe. Reprenant le flambeau de son père, Akira Daimon avait certes de profondes raisons de souhaiter la mort de Seinosuke Kurokawa, mais son alibi était inattaquable. Il aurait pu sans doute soudoyer la patronne du restaurant, mais certainement pas le président de la chambre de commerce ni un haut fonctionnaire municipal… En ce cas, d'ailleurs, il eût été maladroit d'inventer une importante dette de jeu inhabituelle…

Pour le 17 au matin, il fallait admettre l'évidence : Akira Daimon jouait sa énième partie de mah-jong dans le restaurant *Yoshino*.

Peut-être était-il effectivement innocent et n'avait-il rien à voir avec le meurtre de Kurokawa. Comme l'avaient dit la patronne du restaurant et le président de la chambre de commerce, la chance avait tout simplement tourné en sa faveur.

Restait une autre hypothèse.

Sachant que ce jour-là, un assassin guetterait Seinosuke Kurokawa lors de sa promenade matinale dans la capitale, Akira Daimon ne s'était-il pas fabriqué un alibi sur mesure le mettant au-dessus de tout soupçon ?

Kuga reprit l'avion pour Tokyo sans être arrivé à aucune conclusion.

6

Tous les efforts pour retrouver le conducteur de l'estafette blanche étaient restés vains.

Comme l'avait dit le spécialiste de l'Identité judiciaire, les seules empreintes relevées à l'intérieur du véhicule étaient celles du propriétaire.

Les appels réitérés pour demander à d'éventuels témoins de l'accident de se faire connaître avaient également échoué. Le matin de si bonne heure, les alentours de la Diète étaient déserts… En revanche, on avait eu plus de chance du côté du parc de Chidori-gafuchi : deux étudiants qui se promenaient au bord du lac vers sept heures quarante avaient été frôlés par une estafette blanche roulant en trombe, qui s'était garée un peu plus loin sur le bas-côté du chemin. Un homme en était descendu.

Ils ne l'avaient vu que de dos, mais avaient eu l'impression d'un homme d'une trentaine d'années mesurant à peu près un mètre soixante-quinze. Il était vêtu d'un imperméable noir et s'était précipité en toute hâte du côté de Kudanzaka.

Les recherches dans le quartier de Kudanzaka pour trouver d'autres témoins n'ayant pas abouti, il était probable que l'homme avait sauté dans un taxi sur la grande avenue qui longe le parc.

Où était-il allé ?

Le commissaire Kuga était enclin à penser que l'homme à l'imperméable noir était retourné vers Ueno, là où il avait volé l'estafette. S'il s'était seulement agi de voler une voiture, le quartier même de la Diète, avec toutes les voitures de fonction des administrations en stationnement le long d'allées désertes, offrait un terrain plus favorable. Une raison bien précise devait donc expliquer le choix d'un quartier aussi éloigné qu'Ueno, et l'on pouvait, sans trop de risques de se tromper, supposer que c'était dans cette direction qu'il s'était enfui.

Ensuite, le commissaire se perdait en conjectures : l'homme habitait-il le quartier ou bien avait-il pris un des nombreux trains de la gare d'Ueno qui dessert tout le Nord du Japon ?

Le témoignage des deux étudiants, en tout cas, ne correspondait pas au signalement d'Akira Daimon. Kuga se posait sans cesse la même question.

Le politicien de Kochi était-il ou non impliqué dans cette sordide affaire ?

Soupçons

1

Quand Natsuhiko fut rentré de Sendai, Chisako trouva que sa nervosité n'avait fait qu'empirer. Il lui avait certes rapporté, selon la tradition, une boîte des célèbres gaufrettes Monaka de la région et un porte-clés dans lequel était sertie une agate, mais elle avait eu l'impression qu'il s'acquittait, sans plus, d'une simple convenance.

C'était comme si une sorte d'écran opaque se dressait en permanence entre eux. Persuadée que s'ils unissaient leurs efforts, ils surmonteraient toutes leurs difficultés, elle aurait voulu qu'ils en parlent franchement une bonne fois pour toutes, mais Natsuhiko se dérobait sans cesse. Malgré ses prodiges de patience, elle avait désormais, elle aussi, les nerfs à fleur de peau.

Elle l'aimait toujours autant et était plus que jamais décidée à rétablir, coûte que coûte, une relation profondément sincère avec lui.

— Comment s'est passé ton séjour à Sendai ? lui demanda-t-elle en se forçant à sourire.

— Il n'y a rien à en dire, grommela-t-il. Sendai est une ville assez terne…

— Et le séminaire ? Es-tu satisfait de ta conférence ?

— Ça va…

— N'oublie pas qu'au téléphone, tu as promis de la refaire rien que pour moi !

Dissimulant son angoisse, elle se faisait cajoleuse et enjouée, mais en vain. Au lieu de répondre avec la même gentillesse, il haussa les épaules dans un geste de mauvaise humeur.

Elle se souvint de la colère et du mutisme de Natsuhiko le jour où, peu de temps après son retour des Etats-Unis, elle lui avait demandé de lui parler de Harlem…

Pourquoi refusait-il obstinément d'aborder certains sujets avec elle ?

Que s'était-il passé à Sendai et aux Etats-Unis ?

La date de leur mariage approchait et elle ne supportait plus ni ses faux-fuyants ni ses sautes d'humeur.

« C'est terminé… De toute façon, c'est terminé… » avait-il murmuré entre ses dents.

Chisako n'avait pas compris ce qui était « terminé » : s'agissait-il de la conférence ? Voulait-il éviter qu'elle ne revienne sur ce sujet, ou bien faisait-il allusion à quelque événement qu'elle ignorait ? Comme tant d'autres femmes, elle aurait pu fermer les yeux et continuer à l'aimer tout en doutant silencieusement de lui… mais elle rêvait encore d'un amour pur, exigeant et sans mensonges…

2

Elle partit pour Sendai sans rien lui dire.

Une mince couche de neige recouvrait la ville ; en sortant de la gare, elle se rendit directement à l'hôtel *Sendai* où Natsuhiko était descendu. Après cinq ou six minutes de marche, elle arriva devant un bel immeuble de douze étages. Réunissant tout son courage, elle se présenta à la réception et expliqua qu'elle voulait vérifier si son fiancé était bien venu la semaine précédente pour son travail comme il le lui avait dit.

L'employé prit le registre et trouva rapidement le nom de Natsuhiko.

— M. Hino est arrivé le 16, dit-il en retenant un petit sourire. Il a passé deux nuits dans la chambre 708, pour être très précis.

— Etait-il accompagné ?

Toute honte bue, Chisako était décidée à savoir. Cette fois-ci, l'employé arbora un large sourire.

— La chambre 708 est pour une personne seule. Rassurez-vous, M. Hino n'était pas accompagné…

Chisako hésita une seconde avant de poursuivre.

— Une jeune femme nommée Aki Kiryu avait-elle réservé une chambre ces deux jours-là ?

— Non. S'il s'agit de la chanteuse, ajouta-t-il sur un ton de confidence, je l'aurais reconnue à coup sûr car on la voit beaucoup à la télévision ces derniers temps !

Chisako se sentit soulagée d'un gros poids : elle avait craint à tort une liaison entre Natsuhiko et la flamboyante Aki Kiryu…

Mais l'énigme restait entière. Que s'était-il donc passé à Sendai ?

Elle réserva une chambre pour la nuit et se rendit à la compagnie du gaz du Tohoku qui avait organisé le séminaire et invité Natsuhiko.

Elle se présenta au responsable des relations publiques comme la sœur de Natsuhiko.

— Comme je venais à Sendai, il m'a chargée de venir vous remercier encore de votre invitation la semaine dernière, dit-elle en s'inclinant profondément.

L'employé lui rendit son salut.

— C'est nous qui sommes très honorés de la visite d'un jeune et brillant professeur de l'université Kyonan. Son intervention lors du séminaire a été très appréciée et je suis certain que nos employés en ont tiré un grand profit. Quel dommage qu'il n'ait pu donner sa conférence le 17 ! J'espère qu'il est complètement rétabli…

— Comment cela ? fit Chisako interloquée.

— Oui, il a été pris de douleurs intestinales en début d'après-midi et m'a téléphoné de sa chambre d'hôtel pour me demander d'annuler la conférence prévue à quinze heures. C'est d'autant plus regrettable que sa présentation, la veille, de la situation politique internationale était passionnante. Enfin, ce sont des choses qui arrivent…

— …

— Votre frère était le premier désolé de ce petit contretemps et il a eu l'amabilité de me téléphoner trois fois dans l'après-midi du 17 pour s'excuser.

— Ah, vraiment ? reprit-elle faiblement en essayant de dissimuler son trouble.

Pourquoi Natsuhiko ne lui avait-il rien dit de ces brusques douleurs intestinales qui l'avaient obligé à annuler sa conférence ? Ne comptait-elle donc pour rien à ses yeux ou bien avait-il eu honte de lui avouer une aussi brève crise de coliques ? Quelle qu'en soit la raison, son silence la mettait mal à l'aise : Natsuhiko avait un caractère difficile et n'était pas mûr pour le mariage.

Voulant vérifier s'il avait assisté à la réception du premier jour, elle demanda s'il n'avait pas un peu trop bu et trop mangé la veille de la conférence.

— Pas du tout, il est rentré très tôt au contraire. Je voulais l'inviter à poursuivre la soirée dans un bar, mais il m'a dit que le changement d'air l'avait un peu fatigué, il préférait se coucher de bonne heure. Peut-être se sentait-il déjà un peu indisposé.

Chisako s'inclina à nouveau et prit congé.

Le lendemain matin, alors qu'elle payait sa chambre et regardait machinalement la note que lui tendait l'employé de l'hôtel, une idée lui traversa soudain l'esprit.

Le personnel de la réception avait changé. Elle se présenta à nouveau comme la sœur de Natsuhiko.

— Mon frère a égaré le reçu qui lui sert à établir sa note de frais auprès de son entreprise. Pourriez-vous lui établir un double ?

L'employé ne fit aucune difficulté à sortir la fiche de Natsuhiko du gros registre.

Chisako se pencha au-dessus de lui tandis qu'il recopiait.

Outre les deux nuitées du 16 et du 17, la fiche comportait des rubriques particulières pour le service, le téléphone et les boissons servies dans la chambre. Chisako se mordit les lèvres : aucune mention de téléphone ne figurait sur la note du 17. Le responsable de la compagnie du gaz lui avait dit que Natsuhiko l'avait appelé trois fois de sa chambre d'hôtel pour s'excuser… Pourquoi les communications n'étaient-elles pas notées ? Le 16, une communication facturée un peu plus de mille yens correspondait au coup de fil que Natsuhiko lui avait passé chez elle. Une seule conclusion s'imposait : il n'avait pas téléphoné de sa chambre et avait menti en disant qu'il était malade.

Chisako ne put s'empêcher de penser à nouveau à Aki Kiryu. N'avait-il pas prétexté une crise de foie et annulé sa conférence pour la rencontrer ailleurs que dans cet hôtel ? Et s'il avait téléphoné trois fois à la compagnie du gaz, ce n'était pas pour s'excuser, mais pour éviter que l'on prenne de ses nouvelles en l'appelant dans sa chambre !

3

Renonçant à rentrer à Kyoto par avion, Chisako prit un train de la ligne du Tohoku pour Tokyo. En express, le trajet ne durait que quatre heures. Le Hibari n° 2 de neuf heures quinze au départ de Sendai arriva en gare d'Ueno à treize heures quatorze.

Elle appela la rédaction du magazine *Leisure News* d'une cabine de la gare et demanda Ryohei Izumida.

Il était là et sembla tout heureux d'entendre sa voix, lui donnant aussitôt rendez-vous dans un café du quartier de Ginza.

Il entra, toujours décontracté, en polo blanc, plusieurs magazines dépassant des poches d'un blazer négligemment posé sur son épaule.

— Vous avez un peu maigri, lui dit-il en s'asseyant en face d'elle.

Chisako ne répondit rien.

Comme pour savourer à loisir le plaisir de la revoir, il alluma lentement une cigarette avant de reprendre la parole.

— Quel est le but de votre visite, cette fois-ci ?

— C'est encore au sujet d'Aki Kiryu…

— Naturellement !…

— Connaissez-vous son emploi du temps de ces dernières semaines ?

— Je puis facilement me renseigner.

— Je voudrais savoir où elle était les 16 et 17 de ce mois.

— Vous n'êtes toujours pas rassurée, n'est-ce pas ? dit-il en la regardant d'un air soucieux.

Chisako détourna les yeux.

— Je… articula-t-elle d'une voix inaudible.

— Laissez, dit-il en se levant. Je vais vous procurer ce renseignement.

Elle le vit passer un coup de téléphone, puis revenir vers elle, sourire aux lèvres.

— Votre amie Aki Kiryu est partie à Hong Kong le 15 ; elle reviendra la semaine prochaine…

— Hong Kong ?

— Oui. Sa maison de disques vient de s'associer avec un Américain d'origine japonaise pour ouvrir un magasin à Hong Kong. Elle est partie avec d'autres chanteurs dans le cadre de la campagne publicitaire pour l'inauguration du magasin ; Jun Asabuki étant également du voyage, ils doivent prendre du bon temps !

Chisako baissa la tête en silence : elle était maintenant certaine que Natsuhiko n'avait pas rencontré Aki Kiryu à Sendai, mais ce soulagement un peu lâche ne lui apportait que peu de réconfort...

Privés de leur cible, les soupçons qui la rongeaient se faisaient encore plus diffus et plus inquiétants. Que cachaient l'attitude et les mensonges de Natsuhiko ?

— Décidément, vous m'intriguez beaucoup, fit Izumida, perplexe, tout en se grattant la tête. Il est clair que vous n'appartenez pas au même monde qu'Aki Kiryu et je ne comprends pas pourquoi elle vous intéresse tant. Votre petit ami a une aventure avec elle, c'est cela, n'est-ce pas ?

Chisako frissonna.

— La situation est compliquée, murmura-t-elle après un long silence.

Elle se sentait en confiance avec le jeune journaliste, mais ne voulait pas lui parler de Natsuhiko.

— Etes-vous mariée ? finit-il par lui demander.

Se méprenant sur son air embarrassé, il poussa un petit soupir fataliste.

— Je me doutais bien qu'une personne aussi mignonne que vous n'était pas seule dans la vie !

— Je ne suis pas encore mariée...

— Mais vous avez un fiancé, n'est-ce pas ?

— Oui.

Il esquissa un sourire doux-amer.

— Et que fait-il dans la vie, l'heureux élu de votre cœur ?

— …
— Je ne l'imagine pas petit employé, mais plutôt médecin ou avocat…
Chisako le laissait dire, quand il déclara brusquement :
— A propos, je pars demain pour les Etats-Unis.
— Pour votre travail ?
— Oui, un reportage sur Harlem, le quartier noir de New York.
— Harlem !
Pensant aussitôt à Natsuhiko, elle n'avait pu s'empêcher de sursauter.
— Qu'y a-t-il ? lui demanda-t-il, intrigué.
— Rien… je pense seulement que ce doit être un endroit assez dangereux.
Izumida rit.
— C'est ce que l'on dit, mais pour moi, la couleur de la peau importe peu : nous sommes tous, blancs, jaunes ou noirs, des êtres humains embarqués sur la même galère… Et puis, un peu de danger ne me fait pas peur !
— Quand reviendrez-vous ?
— La semaine prochaine. Je vous écrirai de là-bas, si cela ne risque pas de fâcher votre fiancé, bien sûr…
— Je serai contente de vous lire, répondit-elle.
Pensant que tout ce qui concernait Harlem pourrait l'aider à percer le mystère de l'attitude de Natsuhiko, elle lui donna son adresse.
— Je vous enverrai aussi des photos ! ajouta-t-il joyeusement.

4

De retour à Kyoto, Chisako cacha à Natsuhiko qu'elle était allée à Sendai.
Par chance, la période des examens d'entrée à l'université avait commencé, retenant le professeur sur le

campus pendant plusieurs jours, de sorte qu'il ne s'était aperçu de rien.

Le 3 mars, dix jours après l'avoir rencontré à Tokyo, elle reçut une lettre d'Izumida, envoyée de New York.

Son écriture dansante correspondait bien à son caractère.

Dès mon arrivée, je me suis plongé dans Harlem. Etant né dans les bas quartiers de Tokyo, je m'attendais à me sentir plus à l'aise dans ce quartier populaire qu'au pied des gratte-ciel de Manhattan. Je dois reconnaître que je m'étais trompé : c'est une étrange et difficile expérience pour un Japonais que de se promener de longues heures dans le quartier noir de New York. Au Japon, nous imaginons toujours les Noirs comme de grands enfants rieurs, mais je n'ai jamais vu de visages aussi durs et fermés que dans les rues de Harlem !

A partir de midi, des hommes désœuvrés aux mines de catcheurs professionnels errent sans but dans les rues, offrant le triste et froid spectacle de leur misère. Je frissonne de pitié et en même temps n'arrive pas à concevoir quelle somme de douleurs et de souffrances ces hommes ont endurée pour atteindre une telle déchéance. Un abîme nous sépare : peut-être cette dureté insoutenable dans leur regard est-elle l'ultime affirmation de leur dignité ?

Je ne veux pas non plus généraliser cette première impression ; les enfants de Harlem sont joyeux comme dans tous les quartiers populaires du monde, et les jeunes générations semblent prendre leur destin en main. Je me suis même fait un ami, Jackson, vingt-cinq ans, membre des Black Panthers et grand admirateur du champion du monde de boxe Mohammed Ali.

Quand je lui ai dit qu'avant de devenir journaliste j'avais participé à la révolte des étudiants japonais contre le traité d'alliance militaire avec les Etats-Unis (je suis un des purs produits ratés de cette époque), il m'a pris en sympathie et depuis m'appelle son best friend*!*

Il se montre très critique vis-à-vis de l'attitude des Japonais qui viennent visiter Harlem comme on le ferait d'un zoo, en s'offrant même le luxe hypocrite d'une petite larme de crocodile sur la misère du peuple noir. Les incidents sont d'ailleurs assez nombreux : d'après lui, il n'y a pas que les agressions commises par des Noirs, l'année dernière un de ses amis s'est fait renverser par une voiture conduite par un Japonais qui a pris la fuite ; l'enquête n'a jamais abouti...

Je dois moi aussi faire attention à mes réactions.

La suite de mes impressions de Harlem dans une prochaine lettre.

Amitiés,

Ryohei Izumida.

5

Trois jours plus tard, Natsuhiko annonça brusquement à Chisako qu'il avait l'intention de déménager.

— Mais pourquoi ? lui demanda-t-elle, alarmée par cette nouvelle lubie.

— Parce que ! répliqua-t-il en marchant nerveusement de long en large dans la pièce. Parce que j'en ai assez de cet appartement !

— Il est pourtant pratique, pas loin de la gare, et n'est-ce pas là que nous avons décidé de vivre après notre mariage ?

— Oui, mais il ne me plaît plus, répéta-t-il plusieurs fois sur le ton d'un enfant gâté qui fait un caprice.

— Et où comptes-tu emménager ?

— A Fushimi. Je veux acheter un petit pavillon dans un nouvel ensemble qui vient de se construire près de la gare de Momoyama-Minamiguchi. A crédit, bien sûr...

Il sortit de sa poche une brochure publicitaire et la lui tendit.

Chisako feuilleta machinalement les pages : peu lui importait l'endroit où Natsuhiko voulait déménager… Elle aurait simplement aimé qu'il lui en parle avant, au lieu de décider tout seul sur un coup de tête. A un mois de leur mariage, c'était une décision importante qui les concernait tous les deux ; son attitude était d'autant plus incompréhensible qu'il savait bien qu'elle se serait volontiers rangée à son avis rien que pour la joie de lui faire plaisir !

Natsuhiko n'était pas comme cela autrefois. Il prenait toujours soin de lui demander conseil à propos de tout et de rien, et c'était ainsi que, petit à petit, ils avaient appris à se connaître et à se faire confiance.

Si aujourd'hui, une fois de plus, elle se taisait sans lui avouer toute sa tristesse et son amertume, c'était parce qu'elle l'aimait encore.

Réalisant sans doute qu'il était allé trop loin, il essaya maladroitement de se rattraper.

— Puisque nous allons vivre ensemble, j'ai pensé que nous serions mieux dans un petit pavillon indépendant bien à nous plutôt que de continuer à subir les contraintes de la vie en appartement. N'ai-je pas raison ?

— Si…

— J'ai également fait changer mon numéro de téléphone.

— Le téléphone aussi ?

— Oui, autant commencer notre nouvelle vie avec un nouveau numéro de téléphone, non ?

— …

— Y es-tu opposée ?

— Je n'ai pas dit cela…

— Pourtant, tu as l'air de faire la tête !

— Non… Du moment que nous sommes ensemble, peu m'importe l'endroit où nous habitons.

— Vraiment ?

— Oui, moi aussi, je préfère un pavillon individuel à un appartement, dit-elle davantage pour se convaincre elle-même que pour lui répondre.

Ce soir-là, elle comprit qu'elle l'aimerait jusqu'au bout. Quelles que soient les raisons de l'étrange comportement de Natsuhiko à son égard, elle devait lui faire confiance et rester à son côté.

Parce que je l'aime !…

6

Le dimanche suivant, 10 mars, Natsuhiko déménagea.

Chisako eut la surprise de découvrir que le lotissement était composé de plusieurs dizaines de pavillons identiques, tant pour l'architecture et les matériaux que les coloris.

— Nous avons déjà construit trois villages de ce type dans la région de Kyoto. L'avenir est au pavillon industriel individuel ! expliqua fièrement le vendeur tout en les guidant.

Certaines unités étaient déjà habitées, d'autres encore vides. Le choix des pavillons se réduisait à quelques modèles standard, ce qui ne changeait rien à la monotone uniformité de l'ensemble. Ce type d'urbanisme où tout se ressemble dans un prétendu souci d'harmonie faisait perdre le sens de l'orientation. Quand ils entrèrent dans leur pavillon, Chisako eut l'impression de ne plus savoir où elle était. Elle pensa avec un sourire à un fait divers récent que les journaux avaient rapporté : un policier de Tokyo, rentrant chez lui un peu éméché dans ce genre de « nouveau village », s'était trompé de maison et avait causé un beau scandale !

Le déménagement semblait, au moins, avoir eu un effet calmant sur Natsuhiko ; il était moins brusque avec elle et presque aussi attentionné qu'autrefois.

Chisako lui rendit visite le week-end et lui proposa de l'aider à rédiger les cartes de son changement d'adresse.

— Ce n'est pas la peine, je les ai déjà envoyées, lui dit-il.

Un peu étonnée qu'il se soit chargé seul de cette corvée, elle n'insista pas, mais trois jours plus tard, alors qu'elle faisait des courses à Kyoto, elle rencontra par hasard un des camarades d'université de Natsuhiko.

— Où Natsuhiko a-t-il disparu ? J'ai essayé de l'appeler plusieurs fois, mais apparemment il a changé de numéro.

— Oui, il a déménagé.

— Dans quel quartier ?

— A Fushimi, mais vous avez dû recevoir une carte annonçant son changement d'adresse, n'est-ce pas ?

— Non... Quel lâcheur !

Chisako frissonna : les cartes ne mettaient pas trois jours pour parvenir à leur destinataire.

— Je suis désolée, s'excusa-t-elle.

L'ami de Natsuhiko se mit à rire.

— Il est tellement absorbé par la préparation de son mariage qu'il n'a pas le temps de penser à autre chose. Dites-lui seulement qu'il n'oublie pas de m'inviter à la cérémonie !

Il la salua et se perdit dans la foule.

Chisako décida de passer à l'ancien appartement vérifier s'il n'y avait plus de factures à régler. Elle trouva la concierge furieuse.

— La moindre des choses, quand on déménage, c'est de prévenir ses amis et les gens qu'on connaît ! J'en ai assez...

— Que s'est-il passé ?

— Tous les jours, on me téléphone ou on vient me demander sa nouvelle adresse. Quand je réponds que je ne la connais pas, on ne me croit même pas.

— Il ne vous a pas donné sa nouvelle adresse ? s'étonna Chisako.

— Non, je la lui ai demandée, mais il ne m'a pas répondu. Remarquez, il n'était pas obligé, mais dans ce cas il aurait dû prévenir ses amis pour m'éviter d'être sans cesse dérangée ! Dites-lui bien que je ne suis pas contente !

Chisako prit le train pour rentrer chez elle sans comprendre pourquoi Natsuhiko lui avait encore une fois menti.

Il n'avait envoyé aucune carte de changement d'adresse !

C'était le soir, il pleuvait sur Kyoto. « Aujourd'hui, nous sommes le 20 mars », murmura-t-elle, marchant seule dans la rue. Il restait exactement un mois, jour pour jour, avant leur mariage.

*

Ce soir-là, à Kyoto, un homme mourait, assassiné.

La quatrième victime

1

Le magasin d'électroménager Inoue, devant la gare de Momoyama-Minamiguchi, était en pleine campagne de soldes sur les appareils de chauffage. Jiro Inoue, le deuxième fils de la maison, tournait comme démarcheur dans le quartier, sa sacoche remplie de catalogues de radiateurs et de poêles.

Il coupa le contact de sa 750 cm^3 et regarda sa montre. Il était neuf heures trente du matin.

Cette journée du 21 mars s'annonçait bonne. Il avait commencé sa tournée à huit heures et avait déjà placé un radiateur électrique. Avec un peu de chance, il arriverait à vendre un poêle à mazout avant midi…

Le temps était splendide, surtout si l'on pensait à la pluie torrentielle qui était tombée la veille. Il sortit son carnet où il avait noté la liste des nouveaux arrivés dans les lotissements de pavillons.

Hino Natsuhiko était marqué d'une petite croix rouge.

Jiro Inoue redémarra ; il était déjà venu deux ou trois fois dans ce nouveau quartier qui était un véritable casse-tête avec ses rues et ses pavillons qui se ressemblaient tous. Cette fois encore, il tourna en rond pendant une demi-heure avant de trouver la petite plaque au nom de Hino sur une porte. Il sonna et entendit le timbre retentir à l'intérieur de la maison. Personne ne répondit. Pourtant, il devait y avoir quelqu'un car la télévision ou la radio marchait dans une des pièces.

Il allait renoncer, quand il se souvint d'avoir vu l'estafette de son concurrent l'Electroménager Akiyama dans les parages ; décidé à ne pas lui abandonner la proie facile que représentait tout nouvel arrivant, il fit le tour du jardinet et entrouvrit une fenêtre.

La télévision diffusait un des programmes du matin.

— Monsieur Hino ! appela-t-il.

Sa gorge soudain se noua : un homme en robe de chambre était étendu sur le sol de la pièce de six tatamis meublée à l'occidentale.

Un couteau était fiché dans sa poitrine, un épais liquide noirâtre coulait de la plaie.

2

La police arriva presque aussitôt sur les lieux, tandis que des curieux se pressaient sur le trottoir.

Dès que l'identité de la victime fut connue, le commissaire Kozakai, de la première brigade criminelle de Kyoto, sauta dans une voiture de patrouille et se rendit immédiatement à Fushimi. Si ce nouveau crime était lié au meurtre du professeur Tôdô de l'université Kyonan, cela permettrait peut-être de relancer l'enquête qui piétinait depuis six mois…

Il chercha aussitôt les premiers indices pouvant indiquer qu'il s'agissait du même meurtrier.

Le professeur adjoint Hino avait été poignardé avec un couteau de montagne, de modèle courant, qui pouvait correspondre aux conclusions du rapport des experts sur le meurtre du professeur Tôdô. L'arme du premier crime n'avait pas été retrouvée, mais d'après la taille et la profondeur des blessures, il devait s'agir d'un couteau à une lame, pas très long et faisant deux centimètres de large.

Sur ce point-là, du moins, il semblait y avoir concordance entre les deux affaires.

Le spécialiste de l'Identité judiciaire qui était penché au-dessus du corps releva la tête vers le commissaire.

— Il n'y a pas d'empreintes sur le manche, dit-il.

— Le contraire m'eût étonné, répliqua Kozakai. En revanche, les tatamis sont mouillés et il y a des traces de pas.

Natsuhiko Hino était nu sous sa robe de chambre, comme s'il avait été brusquement dérangé par une visite au moment où il prenait son bain; il avait rapidement enfilé sa robe de chambre, sans poser le couvercle de la baignoire et en laissant la veilleuse du gaz allumée. La paille des tatamis était mouillée. D'autre part, il avait plu la veille et des traces boueuses, certainement celles de l'assassin, menaient de l'entrée jusqu'au milieu de la pièce.

— Quelle est l'heure du décès ?

— Il faudra attendre les résultats de l'autopsie, mais d'après la rigidité cadavérique, je dirais hier soir aux environs de vingt et une heures…

Kozakai approuva d'un petit signe de tête. A cette heure-là, il pleuvait des cordes, d'où les traces de pas…

L'université Kyonan confirma que la victime n'avait plus de famille et qu'il n'y avait que sa fiancée à prévenir.

Une demi-heure plus tard, Kosakai sonnait à l'appartement de Chisako.

Elle vint lui ouvrir et eut l'air contrariée en le reconnaissant.

— J'ai à vous parler, dit-il.

Elle le fit entrer de mauvaise grâce; comme il refermait la porte derrière lui, elle la rouvrit, la laissant entrebâillée. Le policier ne put retenir un petit sourire amer.

— Je vis seule, expliqua-t-elle, et je dois tenir compte de ce que pensent les voisins. A Kyoto, les gens sont très à cheval sur les principes, vous savez...

Même Natsuhiko venait rarement chez elle ; c'était plutôt elle qui lui rendait visite.

C'était aussi une manière de faire comprendre au commissaire qu'elle espérait que l'entretien serait bref.

Il resta quelques instants silencieux... La façon dont la jeune femme restait sur ses gardes et appliquait le protocole désuet de laisser sa porte entrouverte avait quelque chose de désarmant... Il détestait être là et avoir à lui annoncer la triste nouvelle.

Quand Chisako apprit que Natsuhiko avait été assassiné, elle pâlit et s'accroupit sans rien dire.

La prenant par les épaules, Kozakai l'aida à se relever et la conduisit jusqu'à la voiture de patrouille qui retourna aussitôt au pavillon.

Elle s'était un peu ressaisie pendant le trajet, mais une fois arrivée, quand elle vit le cadavre de Natsuhiko, elle se jeta furieusement sur lui en pleurant.

Kozakai se pencha doucement sur elle.

— Venez, lui dit-il.

Il l'entraîna dans la pièce voisine et la fit asseoir.

Le commissaire écouta d'une oreille distraite le premier rapport que ses collègues avaient établi : il revoyait la scène de la jeune femme entrouvrant la porte derrière lui.

Elle n'avait pas voulu, par bienséance, se trouver chez elle, la porte fermée, avec un homme qu'elle connaissait à peine. Sur le moment, il n'avait été qu'étonné par ce geste car son âge et son métier le rendaient peu sensible au souci du qu'en-dira-t-on ; la pudeur et l'extrême réserve que l'on attendait traditionnellement des jeunes femmes n'avaient donc pas complètement disparu... Il réalisa soudain que dans le cas inverse où une jeune personne lui rendant visite lui demanderait s'il pouvait laisser sa porte entrouverte, il ne pourrait guère qu'obéir sur-le-champ en s'excusant… Comment refuser ?

« Mais bien sûr ! » murmura-t-il, furieux contre lui-même de ne pas y avoir pensé plus tôt.

Le mystère de la « chambre close » du meurtre du professeur Tôdô sur lequel il butait depuis des mois devenait d'une évidente simplicité : la porte était restée entrebâillée pendant l'entretien que le professeur avait accordé à son assassin !

L'hypothèse avait déjà été envisagée au début de l'enquête, puis on l'avait abandonnée sous le prétexte que la victime avait l'habitude de toujours soigneusement fermer sa porte. La porte fermée et pas d'empreintes digitales sur le bouton de la serrure semi-automatique, l'assassin s'était envolé comme par magie !…

Le geste de Chisako Tanaka offrait enfin une explication. Le professeur Tôdô n'avait certainement pas pu refuser à une jeune femme, surtout s'il s'agissait d'une jeune femme qu'il voyait pour la première fois, de laisser sa porte entrouverte si elle le lui avait demandé. Ce pouvait être dit de façon très naturelle comme l'avait fait Chisako Tanaka, et un homme, un « gentleman » comme se piquait de l'être le vieux professeur, ne pouvait qu'obéir.

L'assassin avait donc de fortes chances d'être une femme plutôt jeune, jolie et assez sûre d'elle pour jouer la comédie de l'extrême réserve féminine traditionnelle.

« Pourriez-vous laisser la porte entrebâillée, s'il vous plaît ? »

Avec l'intonation voulue, c'était imparable.

Kozakai se tourna vers Chisako qui restait immobile, figée sur sa chaise.

— Le jour où le professeur Tôdô a été assassiné, vous étiez en voyage dans le Kyushu avec M. Hino, n'est-ce pas ?

— Oui, à Fukuoka, répondit-elle en s'abandonnant à nouveau à ses larmes.

Les spécialistes de l'Identité judiciaire avaient terminé leur travail.

Le commissaire la laissa pleurer et attendit. Il avait, à nouveau, bien sûr, envisagé la culpabilité de la jeune femme, mais pour l'écarter aussitôt : Chisako Tanaka avait le même alibi que son fiancé pour le premier meurtre et ce ne pouvait donc pas être celle qui avait rendu visite au professeur, si tant est qu'il s'agissait bien d'une femme…

Les sanglots qui secouaient Chisako avaient cessé.

— Répondez-moi, lui dit-il, c'est très important.

Les yeux gonflés de larmes, elle releva légèrement la tête.

— Certains indices, poursuivit-il, laissent croire que le meurtrier du professeur Tôdô est une femme, sans doute une femme assez jeune et séduisante… Ce serait également la même personne qui serait responsable de la mort de M. Hino…

Kozakai vit une lueur traverser le regard hébété de la jeune femme. Il se pencha doucement vers elle.

— Vous soupçonnez quelqu'un, n'est-ce pas ?

3

— Aki Kiryu… murmura Chisako.

— Aki Kiryu ? répéta Kozakai. Qui est-ce ?

Ce nom n'était pas apparu une seule fois au cours de la longue et minutieuse enquête sur le premier meurtre.

Chisako cligna des yeux.

— Peut-être n'a-t-elle rien à voir avec tout cela…

— Peu importe, reprit-il en lui parlant très lentement. Expliquez-moi ce à quoi vous pensez.

Fixant quelque point au plafond, elle resta un moment silencieuse avant de répondre.

— Elle est très belle…

— Et puis ?…

— C'est une chanteuse et parolière de chansons à succès à Tokyo.

— Maintenant que vous me le dites, j'ai dû, en effet, vaguement en entendre parler… Comment se fait-il que vous la connaissiez ?

Natsuhiko était mort, mais le souvenir des deux scènes à l'aéroport Kennedy et à Haneda la faisait toujours autant souffrir.

— Expliquez-moi, insista patiemment le commissaire. Vous voulez que l'on arrête le coupable, n'est-ce pas ?

— …

— Je vous en prie, il faut me parler. Quels sont vos liens avec Aki Kiryu ?

— Moi, aucun…

— Elle était donc liée avec M. Hino

— Quand il est rentré des Etats-Unis l'année dernière au mois d'octobre, elle était dans le même avion que lui.

— Est-ce tout ?

— Six mois plus tôt, je les avais vus sortir de voiture devant l'aéroport Kennedy à New York ; ils avaient l'air de bien s'entendre.

— A-t-il continué à la fréquenter après son retour au Japon ?

— Non.

— Sans doute étaient-ils seulement de bons amis aux Etats-Unis…

— Il était tellement nerveux et soucieux depuis son retour que je ne le reconnaissais plus. Je suis persuadée que quelque chose de grave, qu'il me cachait, s'est produit pendant son séjour aux Etats-Unis... Sa mort doit être liée à ce qui s'est passé là-bas et je crois qu'Aki Kiryu est au courant. Et puis...

Chisako hésita.

Elle était prête à tout pour venger Natsuhiko, mais ne risquait-elle pas, en exposant ses soupçons, de ternir sa mémoire ?...

— Il faut parler, dit le commissaire en la regardant droit dans les yeux.

— Aki Kiryu est impliquée dans un autre meurtre : Mahoko Hayashi la gênait...

C'était comme si toute la colère rentrée, l'angoisse secrète et les soupçons insupportables qu'elle avait accumulés depuis des mois se libéraient soudain par la parole. Elle raconta tout au policier, le magazine avec la photo d'Aki Kiryu trouvé parmi les livres de Natsuhiko, le meurtre par empoisonnement de la patronne du bar *Laforêt* et le succès qui s'en était suivi pour la chanteuse...

Kosakai, comme tout le monde, avait lu dans les journaux les détails de ce crime mystérieux resté impuni.

Les deux affaires étaient-elles liées ?

La mort du professeur Tôdô avait permis au jeune assistant d'être nommé professeur adjoint.

La mort de sa rivale avait relancé la carrière d'Aki Kiryu...

— Un double meurtre par procuration ? murmura-t-il.

— Non ! fit brutalement Chisako.

— Comment cela, non ? s'étonna Kozakai.

— Moi aussi, j'ai eu cette idée.

— ...

— Mais elle s'est avérée fausse : ce n'est pas Natsuhiko qui a tué Mahoko Hayashi.

— Vous avez l'air d'en être certaine.

— J'ai mené mon enquête.

— Votre enquête ?

— Oui, parce que j'avais peur… peur que Natsuhiko soit un assassin…

— Qu'avez-vous trouvé ?

— Le soir où Mahoko Hayashi a été assassinée, je dînais avec Natsuhiko dans un restaurant de Kyoto ; il n'était donc pas à Tokyo.

— Je vois, fit simplement Kozakai sans, pour sa part, abandonner l'idée du double meurtre.

Toujours amoureuse de son fiancé, la jeune femme cherchait peut-être à le protéger encore en inventant de toutes pièces un alibi l'innocentant.

Si son alibi ne tient pas… pensa-t-il.

Après de si longs mois d'échec, la perspective de résoudre deux affaires épineuses d'un coup ne lui déplaisait pas.

4

De retour dans les bureaux de la brigade criminelle de Kyoto, il fit le point avec son supérieur Morikawa.

— Il est clair que Hino avait des raisons de vouloir se venger de son professeur et qu'il savait que la disparition du grand patron entraînerait sa nomination. D'autre part, Aki Kiryu voyait Mahoko Hayashi, non seulement lui ravir la première place en tant que parolière, mais également lui enlever son amant de cœur, le compositeur Jun Asabuki. Je crois qu'ils ont conclu un accord aux Etats-Unis… Pour le meurtre de Tôdô, tout concorde. J'ai résolu l'énigme de l'absence d'empreintes sur le bouton intérieur de la serrure semi-automatique : Aki Kiryu a tout simplement demandé au professeur de laisser sa porte entrouverte… J'ai eu la preuve, récemment, que cette règle de bienséance n'était pas complètement tombée en désuétude. Même s'il était un peu surpris, il n'a pas pu refuser ! Je suis persuadé qu'en retour, c'est Hino qui s'est chargé du meurtre de Tokyo. Leur coup était bien monté et il faut avouer à notre décharge qu'il n'était pas facile de faire un rapprochement entre la mort d'un vieux prof de faculté et une plantureuse patronne de bar à plusieurs centaines de kilomètres de distance ! Aki Kiryu a dû penser qu'un petit intellectuel comme Hino n'aurait pas les nerfs assez solides pour garder le poids de son crime sur la conscience et elle a décidé de le supprimer par mesure de sécurité : de son point de vue, la boucle était bouclée et ce n'était pas mal joué... J'aimerais monter à Tokyo pour rencontrer les collègues qui se sont occupés de l'affaire.

Morikawa intervint.

— Tout cela est très subtil et très intéressant, mais tu oublies que la fiancée affirme que Hino était avec elle à Kyoto au moment du meurtre de Tokyo !

— Elle est amoureuse de lui : ce n'est pas parce qu'il est mort qu'elle va cesser de le protéger, bien au contraire !

— D'après toi, elle ment ?

— Oui.

— Un double meurtre par procuration... Quelle histoire ! reprit Morikawa en levant les yeux au plafond. Reprenons l'enquête à zéro : monte à Tokyo pendant que je me charge ici de faire vérifier les déclarations de la fiancée.

— Entendu, fit Kozakai en s'inclinant.

Le lendemain matin, il partait pour Tokyo.

5

L'inspecteur Mizunuma qui s'était chargé de l'enquête sur l'empoisonnement de Mahoko Hayashi était sorti sur le perron du commissariat de Kyobashi pour accueillir son collègue de Kyoto.

Il le fit entrer et les deux hommes échangèrent leurs cartes de visite.

— Si j'ai bien compris ce que vous m'avez dit au téléphone, les deux meurtres seraient donc liés ?

— Oui. Nous avons la quasi-certitude que c'est une femme qui a assassiné le professeur Tôdô, mais l'enquête n'a fait apparaître aucune femme suspecte dans l'entourage de la victime, à croire qu'il s'agit d'un meurtre sans mobile…

— Nous en sommes exactement au même point ; nous n'avons pas réussi à retrouver le mystérieux client du bar. Ce sera une chance inespérée si la mort de ce Natsuhiko Hino peut nous aider à résoudre les deux affaires d'un coup…

— De quels renseignements disposez-vous au sujet du suspect ?

— Nous n'avons qu'un vague signalement à partir des déclarations des témoins : un homme de trente à quarante ans vêtu d'un costume plutôt sombre.

— Natsuhiko Hino n'avait que vingt-sept ans, mais il faisait plus vieux que son âge et mettait des costumes très ternes comme la plupart des professeurs d'université.

— Je vois plutôt là un argument en défaveur de votre hypothèse, car il serait étonnant qu'il n'ait pas pensé à changer d'apparence.

— Avez-vous quelque autre indice ? demanda Kozakai.

— Il paraît que c'était un homme de grande taille.

— Avec ses un mètre soixante-quinze, Hino n'est pas petit…

— Et il était enroué, un peu comme quelqu'un qui a la voix cassée.

Kozakai eut une grimace.

— La voix cassée ? Je ne me souviens pas que sa voix ait eu un timbre particulier…

— Vraiment ?

— Remarquez, ce n'est pas difficile de prendre une voix un peu rauque pour donner le change. Est-ce tout ce dont vous disposez ?

— Non, nous avons également le petit carton sur lequel il a écrit le titre de la chanson *Le Grand Défi* de Kiyoko Suizenji.

— C'est une chanson du répertoire *enka*, n'est-ce pas ?

— Oui, Hino aimait-il ce genre de chansons ?

— D'après sa fiancée, il aimait Chopin, ce qui ne va guère avec le genre *enka*…

— En effet.

Kozakai soupira. De petites difficultés en petites difficultés, l'affaire s'avérait moins simple qu'il ne l'avait espéré.

— De toute façon, reprit-il, cela n'a pas grande importance, car il a tout aussi bien pu choisir exprès un morceau qu'il détestait.

— C'est vrai, dit Mizunuma avec un petit sourire.

— D'autant plus que le club *Laforêt* est spécialisé dans les anciens chants militaires et le répertoire *enka*.

— Pouvez-vous me montrer cette carte ?

— Bien sûr, dit-il en ouvrant le classeur qui contenait les différents éléments du dossier.

— J'ai apporté une carte postale écrite par Natsuhiko Hino, comparons l'écriture des deux documents.

Ils posèrent les deux cartes sur le bureau, côte à côte.

A première vue, les deux écritures ne se ressemblaient pas. Autant celle de la carte postale était fine et délicate, autant celle du titre de la chanson était épaisse et rageuse.

On ne pouvait rien conclure et il fallait demander une analyse graphologique à un spécialiste.

Cette nuit-là, Kozakai dormit dans la pièce de garde du commissariat de Kyobashi ; le lendemain, guidé par Mizunuma, il décida de rencontrer Aki Kiryu.

Avait-elle un alibi pour la matinée du 20 mars, le jour du meurtre de Natsuhiko Hino ?

Elle les reçut dans le salon de la maison de disques Sun Records.

En la voyant si plantureuse et si sensuelle, Kozakai pensa aussitôt qu'elle était le genre de femme opposé à la calme et douce Chisako Tanaka. Il était facile d'imaginer que Hino avait pu succomber à ses charmes. De là à comploter un échange de meurtres...

— Encore vous, inspecteur ! fit-elle avec une moue d'irritation qui tordit ses lèvres soigneusement fardées. Venez-vous une fois de plus me déranger à propos de cette malheureuse affaire du club *Laforêt* ? Vous avez pourtant eu le temps de vérifier mille fois que j'étais au ski ce soir-là.

— Je sais parfaitement que vous avez un alibi à toute épreuve ; aujourd'hui, je me contente d'accompagner un commissaire venu de Kyoto pour vous rencontrer.

Kozakai se présenta brièvement.

— De Kyoto ? fit-elle en se braquant. Que me veut la police de Kyoto ?

— Vous connaissez, semble-t-il, un certain Natsuhiko Hino, n'est-ce pas ?

Pas un cil ne bougea sur le visage trop maquillé de la chanteuse.

— S'agit-il d'un de mes admirateurs ?

— C'est un professeur adjoint de l'université Kyonan.

— Ah ?

— Le connaissez-vous ?

— Non.

— C'est étrange, car vous étiez dans le même avion qui vous ramenait des Etats-Unis. Vous aviez même l'air de bien vous entendre.

— A l'étranger, quand on se rencontre entre Japonais, on a toujours l'air de bien s'entendre. Je me souviens vaguement d'un type dans l'avion ; c'est peut-être, en effet, votre Hino…

— Etes-vous certaine de ne pas le connaître mieux ?

— Oui.

— Où étiez-vous il y a trois jours, le 20 mars ? Etes-vous allée à Kyoto ? A Fushimi, plus exactement…

— Que voulez-vous que j'aille faire à Fushimi ?

— Natsuhiko Hino a été assassiné chez lui, à Fushimi, le 20 mars dernier et nous interrogeons toutes les personnes qui le connaissaient.

— Ce qui signifie que je fais partie des suspects, n'est-ce pas ? Expliquez-moi pour quelle raison je serais allée trucider un type alors que je ne me souviens même pas de son nom ?

Elle hocha la tête avec un petit sourire.

— Pour l'instant, je vous répondrai : parce que vous lui avez demandé de tuer Mahoko Hayashi…

Elle éclata de rire et regarda les deux policiers tour à tour.

— C'est une manie : vous tenez absolument à me voir en meurtrière !

Kozakai fronça les sourcils.

— Pour l'instant, dites-nous seulement ce que vous avez fait le 20 mars.

— Il y a trois jours, mercredi, c'est bien cela ?

— Oui.

— Mercredi, je suis restée chez moi. Il y avait longtemps que je n'avais pas pris de journée de repos. J'ai regardé la télévision et passé des heures dans ma baignoire.

— Quelqu'un peut-il en témoigner ?

— En général, je suis seule dans ma baignoire !

— Vous habitez un appartement dans le quartier de Harajuku, n'est-ce pas ?

— C'est exact, répondit-elle. J'ai emménagé il y a deux mois, voilà ! Est-ce tout ?

— Presque, j'aimerais aussi savoir ce que vous faisiez l'année dernière, le 15 octobre, à dix heures du matin ?

— Comment voulez-vous que je me souvienne de ce que je faisais l'année dernière à tel ou tel moment ?

— Vous devez bien avoir un agenda où vous notez vos rendez-vous et vos déplacements.

— Pourquoi tenez-vous tant à savoir ce que j'ai fait ce jour-là ?

— Parce que c'est le jour où l'on a assassiné le professeur Tôdô de l'université Kyonan.

— Tôdô ? Qu'est-ce que j'ai à voir avec ce type ?

— Voyons...

— J'en ai assez de cette mauvaise plaisanterie ! D'ailleurs, je n'ai aucune raison de connaître ce professeur !

— Mais supposons qu'à la demande de Natsuhiko Hino...

— Ben voyons ! D'abord la patronne du club *Laforêt*, ensuite M. Hino et maintenant voilà que j'ai assassiné ce professeur Tôdô... et ce, sans le moindre commencement de preuve, bien entendu ! De quel droit vous permettez-vous d'accuser ainsi les gens ?

Jouait-elle la comédie ou était-elle vraiment en colère ?

— Ne vous mettez pas dans cet état-là, reprit calmement Mizunuma. Pour l'instant, il ne s'agit que d'une simple hypothèse que je ne demande qu'à écarter : il vous suffit de nous dire ce que vous avez fait le matin du 15 octobre. Contrairement à ce que vous avez l'air de croire, de notre point de vue aussi, un suspect de moins est un pas très important dans une enquête, nous avons donc intérêt à collaborer.

Ces paroles semblèrent faire de l'effet et le visage d'Aki Kiryu s'adoucit.

— Pourquoi ne présentez-vous pas les choses ainsi dès le début ? dit-elle en sortant un petit carnet de son sac.

Elle feuilleta rapidement les pages, puis releva la tête avec un geste d'énervement.

— Je n'ai rien noté de particulier ce jour-là ; j'ai dû dormir jusqu'à midi…

Elle ajouta qu'elle avait du travail et s[illegible]n pour les inviter à partir.

6

Ils se rendirent ensuite à l'adresse d'Aki Kiryu dans le quartier de Harajuku. Elle habitait un bel immeuble neuf d'une dizaine d'étages dont le prestige correspondait tout à fait à sa notoriété de « vedette » des médias.

Le concierge leur indiqua qu'elle occupait un des plus beaux appartements au dernier étage.

— Mercredi dernier, Mlle Kiryu est bien restée chez elle, n'est-ce pas ? demanda Mizunuma.

Il avait posé la question par pure routine, sans se faire d'illusions sur la réponse.

Le concierge, qui était vêtu d'un épais pull-over, s'approcha d'un calendrier accroché au mur et réfléchit quelques secondes.

— Non, le mercredi 20, Mlle Kiryu n'était pas chez elle.

Les deux policiers échangèrent un regard.

— Comment le savez-vous ? demanda Kozukai.

— Ce jour-là, un des attachés de sa maison de disques est passé la voir vers midi ; constatant qu'elle ne répondait pas, il m'a demandé si je savais où elle était.

— Ensuite ?

— Comme la veille elle lui avait dit qu'elle resterait toute la journée chez elle à se reposer, nous avons cru qu'elle dormait encore. J'ai essayé de la joindre au téléphone, sans plus de succès… Nous nous sommes alors un peu inquiétés, une intoxication au gaz est si vite arrivée…

— Etes-vous montés dans son appartement ?

— Oui, j'ai un passe, justement pour les cas d'urgence. Il n'y avait personne, et elle n'est pas rentrée le soir non plus.

— Ça devient intéressant, murmura Kozakai.

La belle Aki Kiryu n'avait pas d'alibi le jour de la mort de Natsuhiko Hino.

Ils remercièrent le concierge et retournèrent aussitôt au siège de la maison de disques Sun Records, où Aki Kiryu et Jun Asabuki assistaient à l'enregistrement de leur nouvelle chanson par une jeune vedette à la mode.

Les deux policiers attendirent dans le couloir la fin de l'enregistrement.

Au bout d'une demi-heure, la porte s'ouvrit et elle apparut aux côtés du compositeur.

— Excusez-nous, fit Mizunuma en s'approchant.

Ignorant la moue irritée d'Aki Kiryu, il se tourna vers Jun Asabuki et lui fit signe qu'il voulait un petit entretien avec la jeune femme.

Le compositeur, qui connaissait l'inspecteur depuis le premier jour de l'enquête sur la mort de Mahoko Hayashi, n'insista pas.

— Bien, je vous retrouve tout à l'heure, dit-il à Aki Kiryu avant de disparaître au fond du couloir.

Mizunuma le regarda s'éloigner.

— A nous, maintenant !

Aki Kiryu les regarda, l'air étonnée du ton de réprimande qu'il avait pris.

— Que me voulez-vous encore ?

— Vous nous avez menti en nous racontant que vous étiez restée chez vous toute la journée de mercredi. Je ne vois pas d'autre solution que de reprendre tout à zéro. Qu'en pensez-vous ?

— Qu'est-ce qui vous permet de dire que j'ai menti ? protesta-t-elle sans grande conviction.

Les deux policiers la sentirent fléchir : le moment de vérité approchait.

— Ce jour-là, un des responsables de votre maison de disques est passé chez vous…

— … et vous n'étiez pas là ! poursuivit Mizunuma en la dévisageant sévèrement. Nous aimerions comprendre…

Elle hésita un moment, embarrassée.

— Je suis désolée, dit-elle en baissant la tête, je vous ai menti…

— Où étiez-vous ?

— Je suis très gênée de vous demander cela, surtout après vous avoir menti, mais je voudrais que cela reste entre nous. Acceptez-vous de garder le secret ?

— Tout dépend de la nature de ce secret…

— Mercredi dernier, j'étais à Kyoto.

7

Kozakai faillit s'étrangler de surprise.

— Vous reconnaissez donc, dit-il en se raclant la gorge, être allée à Kyoto vous débarrasser de Natsuhiko Hino ?

— Absolument pas ! s'écria-t-elle. Je suis allée à Kyoto avec M. Fukazawa.

— Qui est ce M. Fukazawa ?

— Un célèbre critique musical, vous ne le connaissez pas ?

— Non. Pour quelle raison êtes-vous allés à Kyoto ensemble ?

— Il devait être membre du jury d'un concours de chansons télévisé sur une chaîne d'Osaka et il voulait sortir à Kyoto le soir après l'émission. Je lui ai servi de guide.

— Connaissez-vous bien Kyoto ?

— J'y ai passé toute mon enfance et je viens de m'y acheter une petite maison pour aller y passer des week-ends avec des amis ou m'y retirer pour écrire tranquillement les textes de mes chansons. Quand je le lui ai dit, M. Fukazawa a absolument voulu que je l'y emmène.

— Et où se trouve cette maison ? demanda Kozakai d'un ton soupçonneux.

— A Kamitakano, répondit-elle, vous connaissez le Shudo-in, n'est-ce pas ? C'est dans la même direction, un peu plus loin, au pied des montagnes, dans un très joli cadre.

Kozakai se figura la carte de Kyoto et de ses environs. Kamitakano était situé à l'extrême nord de Kyoto et dépendait du commissariat de Shimogamo. Momoyama, l'endroit où Natsuhiko Hino avait été assassiné, dépendait du commissariat de Fushimi et se trouvait à l'autre bout de la ville, au sud. Une vingtaine de kilomètres, au moins, les séparaient et il fallait compter deux bonnes heures pour faire l'aller et retour en voiture.

— Vous étiez donc là-bas mercredi avec M. Fukazawa… vers quelle heure ?

— Nous avons pris le Hikari n° 9 de treize heures à Tokyo qui arrive à Kyoto à quinze heures cinquante-trois ; je suis descendue et j'ai pris un taxi directement pour Kamitakano tandis que M. Fukazawa continuait jusqu'à Osaka où il a dû arriver à seize heures dix. Puisque l'émission commençait à dix-sept heures et ne durait que trente minutes, nous avions prévu qu'il serait libéré vers dix-huit heures trente et que j'irais le chercher en voiture à la gare de Kyoto pour le Hikari de dix-neuf heures vingt-sept. C'est ce que j'ai fait après avoir mis un peu d'ordre dans la maison. Le temps de descendre du train, de rejoindre la voiture et de faire le trajet, il était vingt heures passées quand nous sommes arrivés à Kamitakano…

— Ensuite ? demanda Mizunuma, un peu étonné de constater qu'elle se souvenait à la minute près de leur emploi du temps.

— Me promettez-vous de garder le secret ?

— S'il s'agit d'événements qui ne concernent pas le meurtre de M. Hino, vous avez notre parole.

— Nous avons bu du whisky et j'ai fait couler un bain…

Aki Kiryu devint écarlate.

— Je vois, fit Mizunuma.

— Jusqu'à quelle heure êtes-vous restée avec M. Fukazawa ?

— Jusqu'à quatre heures du matin… Je l'ai ensuite raccompagné à l'hôtel d'Osaka que lui avait réservé la chaîne de télévision et où il était censé passer la nuit… Il fallait qu'il soit là le matin avec les autres membres du jury et les organisateurs du concours ; en outre, il était possible qu'on lui téléphone de Tokyo dans sa chambre. Je vous en prie, ne le répétez à personne… surtout pas à M. Asabuki…

— Ne vous inquiétez pas ; en revanche, j'ai besoin de vérifier vos dires auprès de M. Fukazawa.

— Est-ce vraiment nécessaire ?

— Oui, dans votre intérêt même. Pouvez-vous me donner ses coordonnées ?

— Il habite à Denenchofu dans le quartier d'Ota.

Mizunuma nota soigneusement l'adresse et l'avertit sans ménagement :

— N'essayez pas de le joindre par téléphone avant que nous l'ayons rencontré !

8

Les deux policiers passèrent au commissariat de Kyobashi.

Les résultats de l'analyse graphologique n'étaient pas encore arrivés.

Mizunuma se rendit au domicile du critique musical tandis que Kozakai rentrait à Kyoto vérifier si Aki Kiryu possédait bien une résidence secondaire à Kamitakano.

D'après les quelques renseignements qu'il avait obtenus au commissariat, ce M. Fukazawa était, en effet, un critique très connu. Cette célébrité ne lui avait pas permis de faire fortune, car il habitait une maison tout à fait modeste dans le quartier de Denenchofu.

L'homme était chez lui et reçut le policier dans un salon décoré de statuettes africaines.

Approchant la soixantaine et de petite taille, Fukazawa était vêtu d'un cardigan sur une chemise de couleur crème. Contrairement à ce que le policier s'était imaginé, il avait l'air posé et plutôt sympathique.

— Mlle Kiryu nous a dit que vous étiez allés ensemble à Kyoto le 20 de ce mois, c'est-à-dire mercredi dernier. Est-ce exact ?

Fukazawa eut l'air embarrassé.

— Est-ce elle qui vous l'a dit ? demanda-t-il.

— Oui.

— Si je le nie, risque-t-elle d'avoir des ennuis ?

— Je le crains…

— Quel genre d'ennuis ?

— Implication dans une affaire de meurtre.

— Un meurtre ? Mais je pensais qu'elle avait réussi à prouver son innocence dans l'affaire de Mahoko Hayashi…

— Il s'agit d'un autre meurtre.

— …

— Alors, nous a-t-elle menti ?

— Oh non, répondit-il avec un petit sourire gêné. Après le concours télévisé, nous avons passé la nuit ensemble ; vous comprenez que j'aimerais que cela ne s'ébruite pas…

— Pouvez-vous nous donner votre emploi du temps précis ce jour-là ?

— J'ai rencontré Aki Kiryu au début de ce mois dans le cadre de notre travail et nous en sommes venus à parler de Kyoto. Elle m'a dit qu'elle venait de s'acheter une petite maison dans le nord de la ville et m'a proposé de m'y emmener. J'avais réellement envie d'aller à Kyoto et je ne vous cacherai pas non plus que son invitation ne me laissait pas indifférent… C'est pourquoi, une fois l'émission de télévision d'Osaka terminée, je l'ai rejointe à Kyoto où je suis arrivé par le train de dix-neuf heures vingt-sept…

*

Aki Kiryu avait laissé sa voiture sur le parking devant la gare de Kyoto. C'était une très belle voiture gris métallisé avec des sièges en cuir blanc.

— Quel bijou ! dit Fukazawa en montant à l'avant à côté d'elle. Depuis combien de temps l'avez-vous ?

— Pas très longtemps. Je ne m'en sers pratiquement jamais puisque je la laisse ici. Regardez, elle n'a que trois mille trois cent vingt-trois kilomètres au compteur : il y a dix kilomètres d'ici à la maison, quand nous arriverons elle aura exactement roulé trois mille trois cent trente-trois kilomètres ! Cela porte chance !

Elle démarra rapidement et se glissa dans le flot de la circulation. Elle conduisait vite, malgré la pluie battante, accélérant furieusement dans les lignes droites et se faufilant habilement dans les embouteillages.

— Je ne savais pas que vous étiez aussi un as du volant ! lui dit-il alors qu'elle pilait à un feu rouge.

— Excusez-moi, répondit-elle avec un sourire charmeur, je roule trop vite, mais ne croyez pas que je veuille vous faire peur…

Au ton dont elle lui parlait, Fukazawa comprit que la soirée s'annonçait telle qu'il l'avait espérée. Il se doutait bien qu'Aki Kiryu ne l'invitait pas seulement pour ses beaux yeux… De son côté, il était prêt à user de son pouvoir de critique pour l'aider un peu s'il le fallait…

Il se sentit soudain à l'aise et posa sa main sur le genou de la jeune femme tandis qu'elle conduisait.

Celle-ci ne dit rien et accéléra.

Il retrouvait Kyoto où il n'était pas venu depuis dix ans, installé dans une superbe voiture en compagnie d'une non moins superbe créature… Décidément, la vie avait du bon…

Il s'enhardit et lui prit la main.

Ils arrivèrent dans un ensemble de petits pavillons très modernes. Aki Kiryu se gara devant l'un d'entre eux et se retourna pour prendre un parapluie posé sur le siège arrière.

Le compteur marquait exactement trois mille trois cent trente-trois kilomètres.

Elle le guida sous le parapluie le long des trois marches du perron qu'éclairait une petite lanterne au-dessus de la porte ; il vit un petit palmier en pot en haut de l'escalier et entra dans la maison. Une épaisse moquette en laine recouvrait tout le sol, de l'entrée jusqu'au salon, lequel était arrangé et décoré avec goût.

Aki Kiryu lui fit visiter les lieux.

— C'est la pièce où je travaille, dit-elle en ouvrant une porte qui donnait dans le salon.

Des recueils de poèmes et des feuilles manuscrites étaient éparpillés sur un bureau, tandis que trônait dans l'autre moitié de la pièce un grand lit recouvert d'un édredon rose.

Elle lui servit ensuite un whisky dans le salon.

— Voulez-vous prendre un bain ?

— Euh, oui... mais, après vous, je vous en prie, répondit-il en pensant déjà à un grand bain chaud à deux.

Elle disparut dans la salle de bains et revint presque aussitôt.

— Allez-y d'abord, dit-elle en lui tendant une serviette. J'avais mis l'eau à chauffer avant de partir vous chercher à la gare, elle est juste comme il faut !

Il se lava rapidement, se trempa dans l'eau chaude un court moment et réapparut dans le salon.

— Je vous sers un autre whisky ? proposa-t-elle en mettant des glaçons dans un verre et en lui versant une généreuse rasade légèrement coupée d'eau.

— A mon tour. Soyez sage en m'attendant ! ajouta-t-elle avec un regard chargé de promesses.

Elle alluma la télévision et disparut.

Il était neuf heures et un long drame historique de samouraïs commençait.

Elle sortit du bain une vingtaine de minutes plus tard et vint s'asseoir à côté de lui sur le sofa. Elle avait revêtu une chemise de nuit légère qui laissait deviner la tiédeur de sa peau. Son corps, frictionné à l'eau de Cologne et un peu rosi par l'eau chaude, s'offrait doucement à lui. Fukazawa la prit dans ses bras et la conduisit dans la chambre vers le lit, puis il ôta ses vêtements.

Ils firent d'abord l'amour avec violence, puis après de longues et douces caresses intimes, il la prit une seconde fois, donnant du temps au temps et du plaisir au plaisir...

Plus tard, elle se leva, enfila sa chemise de nuit et passa dans la cuisine. Elle fit bouillir de l'eau pour le thé et apporta un plateau de sushis qu'elle avait fait livrer l'après-midi par un célèbre traiteur du quartier. Fukazawa remarqua son nom sur le papier qui enveloppait les baguettes : *Sushi Shin, Kamitakano, Sakyo-ku, Kyoto*. Le même nom et la même adresse étaient gravés sur le plateau laqué en forme d'éventail.

Après s'être restaurés et avoir pris un peu de repos, ils firent encore une fois l'amour.

Il était plus de trois heures du matin.

— Il faut que je rentre, dit-il.

Il but un café tout en renouant sa cravate.

Au petit matin, après une nuit d'amour, le café avait un goût corsé particulier. Se souvenant qu'il avait oublié de donner un coup de fil chez lui pour une affaire importante, il voulut téléphoner à Tokyo pour laisser un message sur son répondeur, mais Aki Kiryu lui dit qu'ils n'avaient pas le temps et qu'il pourrait aussi bien le faire de sa chambre d'hôtel à Osaka. Il l'approuva et se fit raccompagner en voiture.

Le ciel était encore sombre et la rue déserte. La pluie avait cessé.

Aki Kiryu démarra tout doucement pour ne pas réveiller les gens du quartier. Fukazawa, qui avait pu constater à l'aller son goût pour les reprises nerveuses et les pointes de vitesse, apprécia cette délicate attention.

— Tu reviens cet après-midi, c'est promis ? lui demanda-t-elle.

— Bien sûr, si tu es d'accord et si je retrouve le chemin ! dit-il en riant.

Elle lui tendit le petit papier qui enveloppait les baguettes du traiteur.

— Tu n'auras qu'à prendre un taxi jusqu'à cette adresse qui est bien connue et ensuite tu demanderas le lotissement des nouveaux pavillons, c'est juste à côté. Il n'y a que dix kilomètres, cela te coûtera à peu près quinze cents yens.

L'après-midi, Fukazawa était revenu passer quelques heures avec Aki Kiryu et, le soir même, ils repartaient pour Tokyo en *shinkansen*.

*

— N'est-elle restée que vingt minutes dans son bain ? demanda soudain Mizunuma.

— Oui, j'ai regardé la télévision en jetant régulièrement un coup d'œil à ma montre.

— Pouvez-vous me dire précisément où se trouve cette résidence secondaire ?

— Dans le nord de la ville, répondit Fukazawa avec un petit sourire qui indiquait à quel point il trouvait la question naïve. Quand j'y suis retourné l'après-midi, il ne pleuvait plus et on voyait distinctement le mont Hie. L'environnement est très agréable...

Le policier eut un soupir de découragement. Même en supposant qu'Aki Kiryu se soit absentée en sortant par la fenêtre de la salle de bains, il fallait deux heures pour aller et revenir de Kamitakano à Fushimi, peut-être une heure et demie s'il n'y avait pas beaucoup de circulation. Aki Kiryu n'avait pas matériellement eu le temps d'assassiner Natsuhiko Hino.

Faudrait-il encore une fois repartir à zéro ?

9

A Kyoto, les enquêteurs de la brigade criminelle étaient tout aussi découragés.

— Il n'y a pas qu'eux qui ont la poisse, murmura Morikawa en apprenant que l'enquête des collègues de Tokyo n'avait donné aucun résultat.

— Ne me dites pas que l'alibi que nous a donné la fiancée a été vérifié ! s'inquiéta Kozakai.

— Hélas, si. A l'heure où Mahoko Hayashi mourait, le 10 décembre dernier, Hino et Chisako Tanaka étaient tous les deux en train de dîner dans le restaurant d'un grand hôtel de la ville. Il avait réservé une table à son nom et les garçons les ont parfaitement reconnus sur des photos que nous leur avons soumises. Aucun doute n'est permis.

Kozakai soupira. L'homme en complet noir qui était venu au club *Laforêt* n'était donc pas Natsuhiko Hino. L'hypothèse d'un double meurtre par procuration s'évanouissait également.

Il décida d'aller voir lui-même l'endroit où Aki Kiryu avait reçu le critique Fukazawa.

Quitte à classer l'affaire, que ce soit au moins sans avoir négligé le moindre détail, fût-il de routine.

L'adresse fournie par Aki Kiryu indiquait un lotissement de pavillons neufs situé à un kilomètre au nord de la villa Shudo-in. En arrivant dans le quartier, Kozakai ne put s'empêcher de penser au pavillon que venait d'acheter Natsuhiko Hino quelques semaines avant de mourir : c'était le même genre de constructions industrielles que l'on assemblait sur place selon deux ou trois modèles types vendus sur catalogue. Le pavillon qu'Aki Kiryu avait acheté comme résidence secondaire était un modèle différent de celui de Hino. La plaque sur la porte était discrète et l'endroit ressemblait à ceux qu'affectionnent les vedettes pour être un peu tranquilles loin de la capitale. Il y avait un petit garage sur le côté, occupé par une voiture immatriculée à Tokyo.

Kozakai prit quelques photos qu'il avait l'intention d'envoyer à Mizunuma, pour qu'il les joigne à son dossier avant de le clore.

De retour au commissariat, il les fit développer et allait les expédier quand Mizunuma l'appela de Tokyo. Au ton de sa voix, Kozakai comprit immédiatement qu'il s'agissait encore de mauvaises nouvelles.

— Je viens de recevoir les résultats de l'analyse graphologique, expliqua-t-il. Les spécialistes sont formels : les deux écritures ne sont pas de la même main, ce qui signifie en clair que Natsuhiko Hino n'est pas l'assassin de Mahoko Hayashi.

— Cela confirme les résultats de notre enquête ici, répliqua Kozakai. Chisako Tanaka n'avait pas menti : ils étaient bien au restaurant ce soir-là. Qu'en est-il des alibis d'Aki Kiryu ?

— Elle ne se souvient toujours pas de ce qu'elle faisait le matin du 15 octobre, le jour du meurtre du professeur Tôdô, sinon ses alibis pour Mahoko Hayashi et Natsuhiko Hino sont solides. Le critique Fukazawa a reconnu avoir passé toute la nuit avec elle...

— De mon côté, ça ne va pas fort non plus, reprit Kozakai. Je suis allé jeter un coup d'œil sur sa maison de Kamitakano. J'ai pris quelques photos que je me préparais justement à vous envoyer, mais il n'y a rien à en faire.

— Faut-il renoncer à cette idée d'échange de meurtres ?

— J'en ai bien peur, dit Kozakai d'une voix éteinte.

Un mur infranchissable se dressait à nouveau devant eux.

La brèche

1

A la fin du mois de mars, peu après les funérailles de Natsuhiko, Chisako reçut la visite d'Izumida.

Le jeune journaliste, qui était venu pour lui parler de son séjour en Amérique, resta quelques instants silencieux quand elle lui annonça que son fiancé était mort, assassiné.

Les cerisiers avaient commencé à fleurir le long de la rivière Uji ; ils marchaient doucement côte à côte sur la berge.

— Je suis prêt à vous aider, dit-il en la regardant.

Elle ne répondit pas tout de suite, continuant à marcher pensivement, puis, après quelques pas, elle s'arrêta et se tourna vers lui.

— Etes-vous vraiment prêt à m'aider ?

— Bien sûr.

— Merci, vous êtes gentil, murmura Chisako. Je veux retrouver l'assassin de Natsuhiko.

— Pour venger sa mort…

— Non, il ne s'agit pas de cela.

— Pourquoi alors ?

— Je veux savoir la vérité à propos des sentiments qu'il éprouvait à mon égard. Par moments, j'ai l'impression qu'il ne m'aimait pas, ou ne m'aimait plus… Quand il m'a emmenée à Fukuoka ou invitée au restaurant de ce grand hôtel, ce n'était que pour se forger des alibis à toute épreuve. Et puis parfois, je me dis que c'était peut-être différent…

— Que voulez-vous dire ?

— S'il avait simplement cherché un alibi, il n'avait pas besoin de moi ; il lui suffisait de se rendre au congrès de Fukuoka avec quelques amis ou collègues. Je me demande s'il ne m'a pas emmenée pour me mettre à l'abri des soupçons de la police… pour que j'aie, moi aussi, un alibi incontestable pour l'heure du crime. Il savait que le meurtrier du professeur Tôdô était une jeune femme et il a peut-être voulu ainsi m'épargner d'être harcelée par les enquêteurs. J'imagine également, ou plutôt j'espère, que ce devait être des moments très pénibles pour lui et qu'il préférait m'avoir à côté de lui…

— …

— Je veux en avoir le cœur net, même si cela doit confirmer sa part de responsabilité dans cette sinistre affaire.

— Vous l'aimez donc encore, n'est-ce pas ?

— …

— Je ne vous demande pas de me répondre maintenant. Nous en reparlerons plus tard, quand vous en aurez « le cœur net », comme vous dites… Je ne suis pas pressé… En tout cas, vous pouvez compter sur moi.

— Merci, fit-elle à mi-voix.

— Alors, reprit-il d'un ton enjoué, par où commençons-nous ?

2

Ils s'assirent un moment sur un banc au bord de la rivière. De l'autre côté, derrière les cerisiers, on apercevait le temple Byodo-in.

— Quand les policiers m'ont dit qu'ils étaient persuadés que le meurtrier du professeur Tôdô était une jeune femme, je n'ai pu m'empêcher de penser de nouveau à Aki Kiryu…

Les bras croisés, Izumida l'écoutait en silence. Elle poursuivit :

— C'est vous, d'ailleurs, qui avez pensé le premier à un double meurtre par procuration.

— Oui, mais si j'ai bien compris, cette hypothèse a été abandonnée.

— C'est exact, mais je continue à croire qu'Aki Kiryu est coupable… C'est plus fort que moi !

— Votre fiancé était « bizarre » depuis son retour des Etats-Unis, n'est-ce pas ?

— Oui.

— C'est peut-être dans son attitude que se trouve la clé de l'énigme. En revanche, je ne comprends pas votre idée fixe à propos d'Aki Kiryu : pardonnez-moi, mais s'agit-il de jalousie, d'intuition, ou bien votre fiancé a-t-il tenu des propos qui ont éveillé vos soupçons ?

— Non, nous n'en avons jamais parlé. C'est le souvenir de les avoir vus ensemble devant l'aéroport Kennedy, puis à Haneda qui m'obsède. Ensuite, il y a eu cet article dans le magazine *Leisure News* qui m'a amenée à venir vous voir.

— Nous avons donc la certitude qu'ils se connaissaient, pourtant il semble établi que ce n'est pas lui qui a tué Mahoko Hayashi.

— C'est certain.

— Il n'aurait donc pas accompli la part du « contrat » qui lui revenait…

— Serait-ce pour cette raison qu'on l'aurait tué ?

— La police a-t-elle envisagé l'hypothèse d'un crime de rôdeur ?

— Oui, mais rien n'a été volé.

— Et au sein de l'université ? C'est un monde de rivalités et de rancœurs pas toujours maîtrisées.

— Une enquête très approfondie a été menée après la mort du professeur Tôdô, sans aucun résultat…

Elle s'interrompit une seconde avant d'ajouter en baissant la tête :

— … Si ce n'est de faire porter les principaux soupçons sur Natsuhiko…

— Nous revenons donc toujours à une sorte de cercle insaisissable entre ces trois meurtres.

Izumida alluma une cigarette.

— Comment se manifestait sa « bizarrerie » ? Avez-vous quelques exemples ?

Chisako réfléchit.

— Il y avait beaucoup de choses que je trouvais bizarres dans son attitude. Par exemple, depuis son retour, il ne supportait pas que l'on parle du problème des Noirs américains.

— Vraiment ?

— Et puis, il y a eu le calendrier…

— Quel calendrier ?

— Il a écrit le chiffre 68 sous la date du 1er février et s'est mis en colère quand je lui ai demandé ce que cela signifiait.

Izumida sortit un agenda de sa poche et consulta la page du calendrier.

— J'ai d'abord cru au décompte des jours nous rapprochant de notre mariage qui était prévu pour le 25 avril, mais cela faisait plus de soixante-huit jours.

— Il s'agit peut-être d'un décompte dans l'autre sens, le 1er février étant le soixante-huitième jour…

Il prit un stylo et se mit à calculer sur une page de son carnet.

— Cela nous remettrait au mois d'octobre de l'année dernière, dit-il, le 25 pour être précis. Ce jour évoque-t-il pour vous quelque souvenir particulier ?

— Euh… non…
— En êtes-vous certaine ?
— …
— Le 25 octobre, répéta-t-il, cherchez bien !
Il la regarda, les yeux brillants, sans rien dire, tandis qu'elle se perdait dans ses souvenirs.

3

— Les élections, murmura-t-elle soudain.
Elle hocha aussitôt la tête négativement : cela n'avait rien à voir.
— Les élections ? reprit Izumida. A quoi pensez-vous ?
— C'était le jour des élections générales. Comme il ne s'était pas réinscrit sur les listes électorales, il n'est pas allé voter ; moi non plus d'ailleurs, j'ai préféré rester avec lui.
— Et alors ?
— Il est resté planté devant la télévision à suivre les résultats région par région.
— De la part d'un spécialiste en sciences politiques, je ne vois pas en quoi le fait de s'intéresser aux résultats des élections peut paraître bizarre ?
— Oui, mais j'ai eu l'impression que ce n'étaient pas les résultats de Tokyo ou de Kyoto qui le passionnaient.
— Quels étaient ceux qui l'intéressaient ?
— Ceux de la région du Shikoku.
— Est-ce sa région d'origine ?
— Non.
— En êtes-vous sûre ?
— Oui, il est né à Tokyo, comme moi, et il est venu à Kyoto bien plus tard.
— Pourquoi le Shikoku ? marmonna Izumida entre ses dents.

Il se leva soudain du banc, comme mû par un ressort.
— Si ça se trouve, il s'agit de l'élection de Kochi ! s'exclama-t-il.
Etonnée, Chisako le regarda sans comprendre.
— Vous ne savez pas ce qui s'est passé à Kochi ? lui demanda-t-il.
Il était écarlate.
— Non…
— L'un des deux candidats victorieux de la circonscription a été assassiné et c'est un troisième larron, qui arrivait en dernier pour le nombre de voix, qui a été automatiquement nommé à sa place !
— Il me semble, en effet, avoir lu un article dans le journal sur cette affaire…
Izumida alluma une nouvelle cigarette.
— C'est une des particularités du code électoral, expliqua-t-il. En cas de décès dans un délai de quatre-vingt-dix jours après les élections, c'est le candidat suivant qui est « élu »…
— Mais quel rapport y aurait-il avec Natsuhiko ?
— Avez-vous gardé ce calendrier ?
— Oui, je crois…
— Allons le voir ! décida le jeune journaliste.
Ils prirent un taxi jusqu'à Fushimi. Elle avait la clé du pavillon de Natsuhiko, ils entrèrent. La maison était vide, mais Chisako eut l'impression de sentir la présence de Natsuhiko comme s'il était vivant. Son cœur se serra.
Le calendrier accroché dans la chambre n'était pas celui qu'elle avait vu dans l'appartement. En cherchant dans les tiroirs du bureau et dans les placards, elle finit par le trouver, roulé au fond d'un carton. Sans doute avait-il eu l'intention de s'en débarrasser.
Izumida le déroula.
— Regardez, lui dit-il, le 27 février est également marqué d'une petite croix. Du 25 octobre au 26 février, cela fait juste quatre-vingt-dix jours !

4

Entraîné par le fil de ses pensées, Izumida n'arrêtait plus de parler.

— Le 17 février dernier, Seinosuke Kurokawa, le député conservateur de Kochi, s'est fait renverser devant la Diète de Tokyo par une voiture dont le conducteur a pris la fuite. L'enquête de la police a conclu qu'il ne s'agissait pas d'un accident mais d'un meurtre avec préméditation. Le décès ayant eu lieu moins de quatre-vingt-dix jours après l'élection, c'est son rival, Akira Daimon, qui a hérité du siège. Inutile de préciser que l'assassin court toujours…

Chisako blêmit.

— Voulez-vous dire que Natsuhiko aurait…

— Votre fiancé est-il allé quelque part le 17 février ?

— Le 17 ?…

— Oui, c'est très important.

Chisako hésita un instant, puis la mémoire lui revint tout à coup comme une âpre brûlure au cœur.

— Il était à Sendai pour donner une conférence, balbutia-t-elle. Il est parti le 16 et rentré le 18.

Elle se souvint de l'attitude étrange de Natsuhiko à son retour et de tous les doutes qui l'avaient assaillie. Dévorée de jalousie à l'idée qu'il avait peut-être donné rendez-vous à Aki Kiryu dans le Tohoku, elle s'était même rendue en cachette là-bas vérifier ses dires.

Chisako raconta son voyage en détail à Izumida et comment Natsuhiko avait annulé sa conférence du 17 en prétextant des maux de ventre dont il ne lui avait jamais parlé.

— Il s'est éclipsé dès la fin de la réception du premier jour en disant aux organisateurs qu'il était souffrant et qu'il voulait se reposer.

— Ce qui signifie, s'écria Izumida, qu'il n'a pas d'alibi du 16 au soir jusqu'au 17 !

— Oui, approuva tristement Chisako.
— Si nous allions à Sendai ? proposa-t-il.
— N'êtes-vous pas pris par votre travail ?
— Mon reportage sur Harlem est étalé sur trois semaines, j'ai donc un peu de temps devant moi, dit-il avec un sourire.

Le jour même, ils prenaient un *shinkansen* pour Tokyo.

Ce fut un étrange voyage pour Chisako. Natsuhiko était mort et elle retournait sur ses traces dans le nord du pays, non pas pour chercher les preuves de son innocence mais pour avoir confirmation qu'il avait assassiné Seinosuke Kurokawa, un obscur député de l'île du Shikoku !

Dans le train, Izumida consulta l'indicateur qu'il avait acheté à la gare de Kyoto.

— Vous m'avez bien dit que le 17 février il avait téléphoné trois fois à la compagnie du gaz du Tohoku pour s'excuser et que, contrairement à ce qu'il prétendait, il n'était pas dans sa chambre d'hôtel…
— Oui.
— La question est donc de savoir d'où il a appelé…

Izumida réfléchit un moment avant de poursuivre.

— Supposons que M. Hino soit l'assassin… Excusez-moi, je sais que c'est très dur pour vous…

Chisako ne dit rien.

— Seinosuke Kurokawa ayant été renversé par une estafette volée le matin du 17 à sept heures vingt, cela signifierait que M. Hino a pris un train de nuit au départ de Sendai la veille.

Il chercha la page des lignes du Tohoku.

— En prenant le Yuzuru n° 1 qui part de Sendai à vingt-trois heures quarante et une, on arrive le lendemain matin à cinq heures vingt-six à la gare d'Ueno. Ce qui lui donne largement le temps de voler une voiture et de s'embusquer près de la Diète vers sept heures.

— …

— Il a ensuite abandonné la voiture dans le parc de Chidori-gafuchi et pris un taxi jusqu'à Ueno. Il devait être huit heures et demie. Le Hibari n° 3 qui part d'Ueno à neuf heures arrive à Sendai à douze heures cinquante-huit. A moins qu'il ait pris le train suivant, le Hatsukari n° 2, départ neuf heures trente et une, arrivée treize heures vingt-huit…

— Pourquoi alors n'a-t-il pas donné sa conférence qui était prévue pour quinze heures ?

— C'est justement ce que nous allons chercher à comprendre en nous rendant sur place !

Ils arrivèrent en fin d'après-midi à Tokyo. Izumida demanda à Chisako si elle voulait attendre le lendemain matin pour poursuivre sur Sendai.

— Non, allons-y, répondit-elle. Je veux en finir le plus vite possible.

Une fois dans la gare d'Ueno, il la laissa dans la salle d'attente et revint au bout d'une trentaine de minutes.

— J'ai compris ! lui dit-il, refrénant mal une grande excitation.

— Qu'avez-vous compris ?

— Je suis allé au bureau des renseignements et j'ai appris que le 17 il avait neigé sur la région de Fukushima. Les trains du matin sont restés bloqués plusieurs heures à Koriyama. Même s'il avait l'intention de donner sa conférence, il n'a pas pu arriver à temps…

— Il aurait donc appelé la compagnie du gaz du Tohoku de Koriyama ?

— On vous a dit qu'il avait d'abord appelé vers midi, n'est-ce pas ?

— Oui.

— Regardez : le Hibari n° 3 arrive à Koriyama à onze heures vingt-neuf. Le temps que l'on informe les voyageurs que le train est immobilisé à cause de la neige et de descendre pour téléphoner, il est juste midi !

5

Ils prirent le Hibari n° 13 de dix-neuf heures et décidèrent de s'arrêter à Koriyama.

Pendant les deux heures que dura le trajet, Chisako resta pensive sans desserrer les dents.

Ce n'était que le début du printemps et il faisait encore froid dans cette région. Ils sortirent de la gare et entrèrent dans un café. Un poêle y répandait une douce chaleur.

— Le 17, le Hibari n° 3 est resté bloqué jusqu'en fin d'après-midi ; si votre fiancé était dedans, il n'a pas pu bouger et c'est d'ici qu'il a téléphoné trois fois à Sendai en prétextant des maux de ventre pour justifier son absence.

Chisako regarda par la fenêtre : dans la pénombre, Koriyama donnait l'impression d'une petite ville de province triste et sans caractère. Si Natsuhiko était venu ici, comment avait-il réagi en se retrouvant prisonnier plusieurs heures dans ces rues recouvertes d'une épaisse couche de neige ?

Izumida posa sa tasse et toussota.

— D'après vous qui le connaissiez bien, d'où a-t-il pu téléphoner ?

Chisako regarda le téléphone rouge qui se trouvait près du comptoir dans le café.

— Il devait être très nerveux et je ne pense pas qu'il ait choisi un téléphone public ou une cabine dans la rue. Il a dû chercher un endroit tranquille où il ne risquait pas d'être dérangé.

— Vous avez raison, à sa place j'aurais pris une chambre d'hôtel ou de *ryokan* [1] pour m'isoler et me reposer quelques heures.

— Un hôtel alors, car il détestait les *ryokan*. Quel hôtel ?

— Tout près de la gare, sans aucun doute, c'est facile à vérifier.

Ils sortirent du café. Il y avait un petit hôtel moderne en face de la gare. Chisako frémit.

Izumida se présenta à la réception et expliqua qu'il cherchait un renseignement au sujet d'un client qui avait pris une chambre l'après-midi du 17 février. Chisako écoutait à côté de lui, sans rien dire.

L'employé les regarda.

— Le jour où le train est resté bloqué à cause de la neige, plusieurs voyageurs sont venus se reposer en attendant que la voie soit débloquée. Certains ont même choisi de passer la nuit ici plutôt que de repartir en fin de journée.

— Nous cherchons quelqu'un qui a téléphoné trois fois à Sendai. C'est une affaire de famille, reprit Izumida d'un air entendu en montrant discrètement Chisako.

L'employé eut un petit signe de tête comme s'il était flatté d'être mis dans la confidence et leur demanda de patienter quelques instants.

— Sendai, n'est-ce pas ? dit-il en consultant un fichier.

Chisako regarda les doigts qui couraient de fiche en fiche : allaient-ils lui apporter la preuve que Natsuhiko était un assassin ?

Elle se forçait à espérer encore quand l'employé eut une petite exclamation de joie qui lui perça le cœur.

— La voilà ! dit-il en sortant une carte du fichier.

1. Auberge de style traditionnel.

Izumida se pencha au-dessus du comptoir.

— Trois coups de téléphone à Sendai et un repas, expliqua l'employé, la personne est repartie le jour même…

La carte était au nom de Yamada Ichiro, résidant à Tokyo. Izumida la montra à Chisako.

— Est-ce son écriture ?

— …

— C'est la sienne, n'est-ce pas ?

— Oui, murmura-t-elle d'une voix à peine audible.

Aucun doute n'était possible. Elle avait plusieurs fois corrigé et mis au propre les manuscrits de Natsuhiko : c'était son écriture.

Izumida remercia l'employé de l'hôtel, entraîna Chisako dans le coin salon de la réception et la fit asseoir.

— Il est venu ici, dit-il.

— Ce n'est même plus la peine d'aller à Sendai, murmura-t-elle. Nous savons qui a tué Seinosuke Kurokawa.

— Je crains fort, en effet, que ce soit lui, mais nous n'avons pas encore de preuve formelle…

— Mais pourquoi l'a-t-il tué ? demanda-t-elle. Pour quelle raison ?

Izumida hocha la tête.

— Vous avait-il déjà parlé de ce Kurokawa, député de Kochi ?

— Jamais !

— Pourtant tout nous ramène sur cette piste, même le chiffre 68 griffonné sur le calendrier : soixante-huit jours après les élections !

— Mais il n'avait aucun profit à tirer de la mort de cet homme !…

— Lui, non, mais un certain Akira Daimon, oui ! Peut-être sont-ils d'anciens amis ? Avez-vous entendu ce nom dans sa bouche ?

— Pas une seule fois…

— Pourtant, si Natsuhiko Hino est le coupable, je ne vois pas qui d'autre qu'Akira Daimon aurait pu lui demander ce « service ».

— Mais pourquoi a-t-il accepté ? répéta-t-elle. Pourquoi ?

— Parce qu'il y trouvait aussi son profit.

— Comment cela ?

Izumida la regarda, hésitant à lui faire davantage de mal.

— Parce que c'était son tour…

6

Chisako se sentit vaciller : le cauchemar d'un sinistre échange de meurtres par procuration continuait !

— Mais, je croyais… balbutia-t-elle.

— Oui, dit-il doucement, mais les faits sont là. C'est vous qui aviez raison au départ.

— J'avais raison ?

Izumida sortit son carnet et inscrivit quatre noms.

Aki Kiryu – Mahoko Hayashi.
Natsuhiko Hino – professeur Tôdô.

— Vous avez d'abord cru que votre fiancé avait tué Mahoko Hayashi pour le compte d'Aki Kiryu…

— J'avais tort…

— Non, vous ne disposiez pas de tous les éléments de l'affaire ; il fallait ajouter une troisième donnée.

Akira Daimon – Seinosuke Kurokawa.

— Il ne s'agit pas d'une relation binaire, poursuivit-il, mais ternaire, et c'est cela qui nous a égarés ainsi que la police !

Chisako écoutait en silence, comprenant, hélas, trop bien où il voulait en venir.

Il prit une autre page de son carnet.

— Regardez, dit-il, cela forme une ronde : si Natsuhiko Hino a tué Seinosuke Kurokawa et si Aki Kiryu a tué le professeur Tôdô, nous pouvons en déduire que c'est Akira Daimon qui a tué Mahoko Hayashi et ainsi la boucle est bouclée !

« A moins qu'Akira Daimon puisse apporter la preuve qu'il n'est pas l'assassin de Mahoko, ce qui m'étonnerait fort, je crois que nous avons reconstitué le déroulement des faits.

Izumida resta un long moment, le stylo à la main, à contempler les flèches qu'il avait tracées entre les six noms.

Chisako se souvint soudain des deux cartes de vœux non signées que Natsuhiko avait reçues pour le Jour de l'An.

Les félicitations anonymes pour sa nomination au poste de professeur adjoint et les vœux « tout particuliers » pour la réussite des projets de l'année prenaient tout à coup un sens nouveau : ne signifiaient-ils pas : « Nous avons rempli notre contrat en te débarrassant du professeur Tôdô, à toi de jouer maintenant ! » Les deux cartes, si elles avaient bien été envoyées par Aki Kiryu et par Akira Daimon, étaient des incitations au meurtre, des rappels implacables à poursuivre cette ronde noire de mort, de vengeance et de sang.

Mais puisque Natsuhiko avait obéi et rempli sa part du contrat, pourquoi l'avait-on assassiné ?

Confronté à cette question, Izumida proposa une explication.

— Si nous comparons les trois meurtres, celui commis par votre fiancé a été le plus près d'échouer, dit-il. Seinosuke Kurokawa n'est pas mort sur le coup et pendant un moment, les médecins ont espéré pouvoir le sauver. Je me demande si cela ne serait pas l'indice d'un certain affolement et d'une hésitation au moment de passer à l'acte. Les morts de Mahoko Hayashi et du professeur Tôdô sont, au contraire, sans bavures, du vrai travail de professionnel exécuté avec un sang-froid extraordinaire… Cette différence dans l'exécution de leur plan n'a pas dû échapper à Aki Kiryu et à Akira Daimon : je pense qu'ils ont voulu se débarrasser d'un complice qu'ils jugeaient peu sûr.

— Ils n'avaient plus confiance en lui ?

— A leurs yeux, il était le maillon faible de la chaîne et je les imagine mal prendre le risque d'être à la merci de ses remords ou d'une parole imprudente. Daimon étant sous les feux des projecteurs à cause de son mandat tout récent à la Diète, je suis plutôt enclin à croire que c'est elle qui s'est chargée de l'éliminer.

— Qu'allons-nous faire ? demanda-t-elle.

— Nous devons prévenir la police, répliqua-t-il. Vous n'avez pas envie, j'imagine, de laisser Aki Kiryu et Akira Daimon profiter tranquillement de leurs crimes ?

— Non, mais je ne veux pas non plus être celle qui apporte la preuve publique que Natsuhiko était un assassin… Je ne veux pas…

Izumida tira lentement une longue bouffée de sa cigarette.

— De toute façon, vous savez, la police finira par arriver aux mêmes conclusions que nous.

Le dernier alibi

1

L'inspecteur Mizunuma et le commissaire Kozakai étaient à nouveau réunis, cette fois-ci autour d'une lettre anonyme, dans le bureau du commissaire Kuga de la première brigade criminelle du commissariat central de Tokyo.

La lettre, reçue au commissariat de Shimogamo de Kyoto, avait mis Kozakai dans tous ses états : si ce qu'elle disait était vrai, toute une série d'énigmes qui bloquaient plusieurs enquêtes depuis des mois étaient résolues !

Ces affaires délicates relevant de circonscriptions très différentes, il avait aussitôt prévenu ses supérieurs ; devant l'importance de l'enjeu, ceux-ci avaient décidé de regrouper les principaux responsables au sein d'une même équipe.

— Autrement dit, conclut le commissaire Kuga, nous serions en face d'une sorte de course de relais, chaque coupable se chargeant de la victime d'un de ses complices : Akira Daimon tuant Mahoko Hayashi pour Aki Kiryu, Aki Kiryu tuant le professeur Tôdô pour Natsuhiko Hino et enfin Natsuhiko Hino tuant Seinosuke Kurokawa pour Akira Daimon… une sinistre farandole meurtrière !

— Trois crimes commis par procuration… fit Kozakai.

Il poussa un soupir avant de poursuivre.

— En général, le manque de confiance réciproque fait échouer ce genre de projet. Je me demande quelle force ou quelle volonté commune a pu lier ces trois personnes au point de leur permettre ou de les obliger à passer à l'acte…

Tout en écoutant son collègue de Kyoto, Mizunuma réfléchissait et cherchait à mettre de l'ordre dans le flot d'idées qui l'assaillaient.

— Je pense à une chose, dit-il comme s'il parlait pour lui-même, tous les trois ont récemment effectué un séjour aux Etats-Unis. C'est un point commun important et sans doute est-ce là-bas qu'ils ont échafaudé leur plan…

— Oui, mais cela ne suffit pas, coupa le commissaire Kuga. Comme le fait remarquer notre collègue Kozakai, pour mener à bien, si j'ose dire, un tel projet, il faut une raison plus profonde.

— A quoi pensez-vous ?

— A l'épreuve de l'échec, par exemple.

— L'échec ?

— Oui, tous les trois ont subi un échec marquant la fin d'un espoir qui engageait toute leur vie. Aux élections de la circonscription de Kochi, Akira Daimon a échoué face aux deux bastions politiques de la région ; si l'on pense qu'il voulait à tout prix venger la mémoire de son père, il s'est retrouvé dans une situation intenable.

— Idem pour Hino. On lui avait refusé sa promotion au poste de professeur adjoint à cause d'un pauvre petit point qui, paraît-il, n'était même pas justifié. Sa carrière était bloquée pour des années.

— C'est tout à fait exact, confirma Kozakai. Tôdô vivant, il en avait encore pour au moins dix ans à végéter comme assistant.

— Quant à Aki Kiryu, reprit Mizunuma, elle venait de se faire souffler Jun Asabuki par Mahoko Hayashi. Elle n'était plus que la numéro deux auprès de l'homme de sa vie et ne supportait pas cela. En outre, elle était également en train de passer aux oubliettes en tant que chanteuse et parolière.

Kuga sourit.

— Au moins, nous sommes d'accord sur ce point : tous les trois étaient en situation d'échec, échec d'autant plus insupportable qu'il leur semblait injustifié ! Du point de vue du mobile, leurs motivations étaient donc très fortes : ils se sentaient acculés et n'avaient plus rien à perdre par rapport à ce qu'ils avaient espéré de la vie. Nous sommes tombés dans leur piège puisque, chaque fois, le principal suspect avait un alibi en béton ; en revanche, je doute qu'ils aient pris autant de précautions pour se fabriquer des alibis inébranlables pour chaque crime qu'ils ont personnellement commis, tellement ils se sentaient protégés par l'anonymat et hors d'atteinte. Cela devrait nous faciliter la tâche.

— Vous avez raison, fit Mizunuma. Aki Kiryu n'a pas d'alibi pour le jour de la mort du professeur Tôdô ; elle répète qu'elle ne se souvient pas de ce qu'elle a fait ce jour-là.

— Son personnage correspond tout à fait aux conclusions de l'enquête, ajouta Kozakai. Une jeune femme que le professeur a fait entrer sans méfiance, en laissant la porte entrouverte, ce qui explique que le coup de couteau mortel ait été porté de face.

— Il semble établi également que c'est bien Hino qui était au volant de la voiture qui a renversé Seinosuke Kurokawa. Il nous reste à prouver la culpabilité d'Akira Daimon pour le meurtre de Mahoko Hayashi et à savoir qui s'est chargé d'éliminer Hino.

Kuga se souvenait de sa rencontre avec Daimon à Kochi lorsque celui-ci avait fièrement exhibé l'alibi qui l'innocentait du meurtre du député Kurokawa. A l'époque, Kuga était rentré dépité à Tokyo, avec le sentiment d'avoir perdu son temps ; maintenant, c'était différent, Daimon était le principal suspect dans l'affaire du club *Laforêt* !

— Quelles étaient les conclusions de l'enquête ? demanda-t-il à Mizunuma.

— Un homme de trente à quarante ans, plutôt corpulent, assez grand et vêtu d'un costume noir. Il a laissé un carton demandant la chanson *enka Le Grand Défi* de Kiyoko Suizenji et avait, paraît-il, une voix rauque, un peu cassée…

— La voix cassée ?

— Oui…

— C'est un détail très intéressant.

— Pourquoi ? Daimon a-t-il ce genre de voix ?

— Quand je l'ai rencontré en février, il était un peu ivre, mais sa voix était normale. Le meurtre de Mahoko Hayashi a eu lieu en décembre l'année dernière, n'est-ce pas ?

— Oui…

— C'est-à-dire, peu de temps après les élections générales. Après les meetings et les incessantes tournées d'une campagne électorale, la plupart des candidats ont la voix cassée pour avoir trop beuglé dans leurs micros !

— Excellente remarque, fit Kozakai.

— On ajoute l'analyse graphologique de l'écriture du carton et son compte est bon, ajouta Kuga. Je m'en occupe. Reste à savoir qui a tué Natsuhiko Hino. Que pensez-vous de l'alibi d'Aki Kiryu ?

Kozakai fit la moue.

— En apparence, il est solide, mais j'avoue que sa présence à Kyoto ce jour-là m'intrigue. S'acheter une résidence secondaire dans la région pour y amener ses amants alors qu'on habite Tokyo me semble aussi un peu bizarre, même si après tout, c'est tout à fait plausible. Quoi qu'il en soit, j'ai l'intention de reprendre l'enquête à zéro sur ce point.

La réunion terminée, Mizunuma et Kozakai se retrouvèrent à marcher côte à côte dans la rue en silence.

Une question tracassait Kozakai.

Si les trois suspects avaient effectivement procédé à un échange de meurtres, comment en étaient-ils arrivés là ? Il fallait que des liens tenaces les unissent : l'appartenance à une secte religieuse, une amitié d'enfance ou un drame vécu en commun ?

Tant qu'ils n'auraient pas éclairci ce point, l'affaire ne serait pas complètement résolue !

2

Il fut décidé que le commissaire Kuga convoquerait Akira Daimon pour le confronter à l'écriture du petit carton laissé par l'assassin, tandis que Mizunuma et Kozakai demandaient à entendre à nouveau le critique Fukazawa sur lequel reposait entièrement l'alibi d'Aki Kiryu.

Un peu surpris et embarrassé, le critique ne put que répéter avec force détails ce qu'il avait déjà déclaré. Le jour du crime, il était parti à treize heures de Tokyo en *shinkansen* et était arrivé à seize heures dix à Osaka, où il avait participé à une émission de télévision de dix-sept heures à dix-sept heures trente. Il avait ensuite repris un *shinkansen* jusqu'à Kyoto où Aki Kiryu l'attendait en voiture à dix-neuf heures vingt-sept. Ils s'étaient rendus directement dans sa résidence secondaire et y étaient restés jusqu'à quatre heures du matin. Il était revenu dans l'après-midi et ils avaient repris ensemble un train le soir pour Tokyo.

A l'heure du crime, entre vingt et une et vingt-deux heures, elle s'était isolée une vingtaine de minutes dans la salle de bains, le laissant seul avec un verre de whisky devant la télévision.

Les deux inspecteurs devaient se rendre à l'évidence : en vingt minutes, Aki Kiryu n'avait pas pu se rendre à Fushimi, poignarder Natsuhiko Hino et revenir !

Kozakai sortit quelques photos qu'il avait prises à Kamitakano et les montra à son interlocuteur.

— Reconnaissez-vous la maison de Mlle Kiryu ? lui demanda-t-il.

— Oui, répondit Fukazawa sans la moindre hésitation.

3

Une fois seuls, les deux policiers essayèrent de ne pas céder au découragement.

— Je suis persuadé qu'il y a quelque chose qui cloche là-dedans, mais quoi ? fit Kozakai en fronçant les sourcils.

— Veux-tu dire que Fukazawa nous ment ? demanda Mizunuma.

— Non, s'il mentait pour la protéger, ce n'était pas la peine de dire qu'ils étaient à Kyoto ensemble.

— Il dit donc la vérité.

— Je le crois.

— Ce qui signifie qu'il n'a pas quitté Aki Kiryu de toute la soirée, sauf pendant les vingt minutes où elle était dans la salle de bains.

— Je le sais bien et c'est ça justement qui me met hors de moi !

— Tu persistes à croire que son alibi est monté de toutes pièces.

— Oui, on ne me fera jamais avaler qu'elle était dans la région le soir du meurtre par un pur hasard, parce qu'elle avait envie de coucher avec un critique musical influent !

— Je suis d'accord avec toi, mais nous ne sommes pas plus avancés…

— Je vais rentrer à Kyoto, fit Kozakai, reprendre encore une fois l'enquête sur place.

Pour sa part, le commissaire Kuga avait reçu Akira Daimon et avait transmis un échantillon de son écriture aux services de l'Identité judiciaire.

L'interrogatoire avait montré que le jour de la mort de Natsuhiko Hino, il était retenu à un dîner organisé par les députés du parti conservateur en l'honneur de leurs nouveaux membres. Akira Daimon n'était donc pas directement impliqué dans ce dernier meurtre.

Le lendemain, Mizunuma accompagna Kozakai jusqu'à la gare et lui souhaita bonne chance.

Kyoto baignait dans la douceur du printemps et profitait des derniers jours de calme avant la ruée des touristes. En sortant de la gare, Kozakai hésita un instant, puis héla un taxi pour se rendre à Fushimi.

Si Aki Kiryu et Fukazawa étaient vraiment allés directement à Kamitakano, il fallait renoncer à voir en elle la coupable.

L'esprit confus, le commissaire se rendait à Fushimi sans but précis, avec seulement l'envie de revoir les lieux du crime pour essayer de s'imprégner de l'atmosphère...

Sous les rayons du soleil printanier, le lotissement de petits pavillons semblait une maquette d'architecte. Kozakai descendit du taxi et resta un long moment à regarder l'alignement régulier des maisons. L'ensemble donnait une grande impression d'uniformité car un même modèle, sans doute le moins cher, était reproduit à plusieurs dizaines d'exemplaires ; mais en observant avec un peu plus d'attention, le commissaire s'aperçut qu'il y avait en tout quatre types de pavillons, tous conçus de façon industrielle et assemblés sur place selon le modèle choisi.

Laissant aller et venir ses idées à leur guise, Kozakai réalisa graduellement que l'un des modèles ressemblait à la maison qu'Aki Kiryu s'était achetée à Kamitakano.

Il écrasa sa cigarette avec le talon et se dirigea vers le pavillon en question. Celui de Natsuhiko Hino était beaucoup plus loin, lui sembla-t-il, à l'autre bout du lotissement. Il longea doucement l'avenue… Arrivé devant la grille, il eut la surprise de constater qu'il s'était trompé dans ses estimations : le pavillon de Natsuhiko Hino devait être à peine à deux minutes à pied. Quand il était venu la première fois, il n'avait pas remarqué le pavillon qui ressemblait à celui d'Aki Kiryu car une rangée de toits les séparait.

Il réfléchit longuement à cette étrange constatation.

Ici, en vingt minutes, elle aurait largement eu le temps de sortir par la fenêtre de la salle de bains et de venir tuer Hino dans son salon. Il lui suffisait d'enfiler un imperméable préparé à l'avance… Comme il pleuvait des cordes ce soir-là, il n'y avait certainement personne dans la rue…

Le problème était que la résidence secondaire d'Aki Kiryu se trouvait à vingt kilomètres d'ici, au nord de la ville.

Kozakai s'apprêtait à faire encore une fois le tour du lotissement quand un jeune homme arborant un nœud papillon s'approcha de lui.

— Vous cherchez une maison ? demanda-t-il. Kozakai grommela quelque chose qui pouvait passer pour une réponse positive auprès d'un vendeur empressé.

— Certains pavillons sont encore à vendre, dit le jeune homme en souriant de toutes ses dents. Si vous le désirez, nous pouvons en visiter… Vous constaterez vous-même que la construction industrielle est désormais ce que l'on fait de mieux en matière de pavillon individuel !

Kozakai attendit patiemment en souriant que le vendeur ait terminé son couplet publicitaire à la gloire du préfabriqué, puis il lui posa la seule question qui l'intéressait.

— Ce pavillon est-il à vendre ?

Son interlocuteur hésita.

— Euh... oui et non... La personne qui l'a acheté nous a fait savoir qu'elle désirait le revendre. Il est encore meublé, mais je pense qu'ils vont bientôt tout enlever pour le mettre véritablement en vente.

— Qui est cet acheteur ?

Le vendeur eut l'air embarrassé.

— Je tiens absolument à le savoir, fit Kozakai en sortant sa carte de police.

Voyant que le vendeur commençait à s'affoler, il le rassura.

— Je suis curieux de savoir quel genre de personne achète une maison pour la revendre presque aussitôt, c'est tout...

— C'est quelqu'un de Tokyo, répondit le jeune homme en se tripotant nerveusement les mains.

— Je parie que c'est une femme !

— C'est exact... Comment le savez-vous ?

— Comment s'appelle-t-elle ?

— Yoshiko Suzuki...

— L'avez-vous rencontrée ?

— Une fois, lors de la signature du contrat.

— S'agit-il de cette personne ? demanda Kozakai en sortant de son portefeuille une photo d'Aki Kiryu.

— Elle lui ressemble, mais je ne peux rien vous certifier. Mlle Suzuki avait des lunettes...

— Des lunettes ? fit Kozakai. Attendez...

Il reprit la photo et ajouta au feutre une paire de lunettes sur le nez d'Aki Kiryu.

— Et comme cela ?

— Ah, oui, fit le vendeur médusé, on dirait bien que c'est elle !

Kozakai ne put s'empêcher de sourire : il tenait enfin une piste !

— L'enregistrement a-t-il été fait devant notaire ?

— Non, elle a payé comptant en disant que la maison lui plaisait et qu'elle voulait en profiter immédiatement. Nous étions en train de préparer le dossier quand elle a changé d'avis et décidé de revendre.

— Si vous trouvez un acheteur, je suppose que vous devez la joindre à Tokyo.

— En effet…

— Où habite-t-elle ?

— Je n'ai qu'un numéro de téléphone, fit le jeune homme en consultant son carnet.

Kozakai nota le numéro et prit congé du vendeur, le laissant dans la plus grande perplexité.

De retour dans son bureau de la brigade criminelle de Kyoto, il décrocha son téléphone et composa le numéro.

— Téléphone Service Onishi à votre service ! lança une voix de jeune standardiste. Quel est votre message ?

— Vous prenez des messages ?

— Oui, que nous transmettons à nos clients.

— Connaissez-vous une jeune femme qui s'appelle Yoshiko Suzuki ?

— Attendez… Oui, elle est sur ma liste. Quel est votre message ?

— Vous servez de boîte aux lettres téléphonique à des abonnés, si je comprends bien.

— Exactement.

— Allez-vous la joindre après mon appel ?

— Non, c'est elle qui nous téléphone presque tous les jours pour savoir s'il y a un message pour elle.

— Bien, dites-lui que nous avons trouvé un acheteur pour sa maison de Kyoto et que nous l'attendons après-demain.

— Entendu, c'est noté.

— Dans le courant de l'après-midi… Ne vous trompez pas !

— Oui, la maison de Kyoto, après-demain, dans le courant de l'après-midi.

4

Kozakai appela ensuite Mizunuma à Tokyo.

— Peux-tu venir demain avec le critique Fukazawa ? J'ai besoin de vous deux ici.

— Que s'est-il passé ?

— Je crois que j'ai ouvert une brèche dans l'alibi en béton de notre chère Aki Kiryu !

— C'est vrai ?

— Je me donne gagnant à dix contre un. Je voudrais me livrer à une petite expérience demain.

— A quelle heure veux-tu que nous arrivions ?

— Vers huit heures, le soir.

— Entendu.

Le lendemain, pour la plus grande satisfaction du commissaire, il plut sans discontinuer du matin jusqu'au soir sur Kyoto.

Mizunuma et Fukazawa arrivèrent par le Hikari 143 de dix-neuf heures quarante et une. Kozakai les attendait devant la gare au volant d'une superbe voiture de location, du même type que celle qu'Aki Kiryu laissait dans le garage de sa maison de Kamitakano.

Fukazawa était manifestement de mauvaise humeur.

— J'espère que c'est la dernière fois que vous me dérangez avec cette affaire, dit-il en apercevant Kozakai.

J'ai beaucoup de travail et je n'ai pas de temps à perdre à vous répéter mille fois la même chose !

Kozakai s'inclina.

— Aidez-nous encore ce soir et je vous promets de ne plus vous embêter, dit-il en lui ouvrant la portière.

— Que dois-je faire ?

— Pour l'instant, rien. Nous allons dans la maison de Mlle Kiryu et je vous demanderai de jeter un coup d'œil à l'intérieur.

— Est-ce tout ?

— Oui. Vous étiez assis à l'avant à côté d'elle, n'est-ce pas ?

— Est-ce si important ?

— Dans toute la mesure du possible, je voudrais reconstituer les conditions de ce soir-là.

Mizunuma s'installa à l'arrière et Kozakai démarra. Il pleuvait fort et de grosses gouttes coulaient sur le pare-brise. Kozakai actionna les essuie-glaces qui se mirent à balayer la vitre en mesure.

— Savez-vous où nous sommes ? demanda-t-il à son passager au bout de quelques minutes.

— Non, répondit-il. Comme je l'écris souvent dans mes articles, je manque de tout sens d'orientation, même auditif, ce qui est un comble pour un critique musical ! En outre, ce n'est que la troisième fois que je viens à Kyoto, il fait sombre et il pleut, ne me demandez pas l'impossible…

— Il pleuvait aussi ce soir-là ?

— Oui, les vitres étaient embuées.

— Pendant le trajet, Mlle Kiryu vous parlait-elle ?

— Oui, elle a une conversation très agréable.

Fukazawa ne put réprimer un petit sourire en pensant à la main qu'il avait posée sur le genou de la jeune femme.

— Nous sommes arrivés, dit Kozakai, descendez, s'il vous plaît.

Fukazawa ouvrit sa portière et monta rapidement les marches du perron, reconnaissant au passage le palmier en pot.

Les trois hommes entrèrent dans la maison. Une épaisse moquette couvrait le sol dans l'entrée et le salon. Ils jetèrent un coup d'œil dans la chambre : le lit était recouvert d'un édredon rose, quelques feuilles traînaient sur le bureau.

— Alors ? demanda le commissaire en invitant Fukazawa à s'asseoir dans le sofa du salon.

— Alors quoi ? répliqua celui-ci intrigué.

— Vous reconnaissez la maison de Mlle Kiryu ?

— Bien sûr, rien n'a changé, même le téléphone est à sa place.

— A propos du téléphone, justement, dit Kozakai, si vous voulez essayer d'appeler chez vous…

Fukazawa tendit le bras vers le combiné et décrocha.

— Il n'y a pas de tonalité ! dit-il. Il est en panne ou débranché…

— Ni l'un ni l'autre, fit Kozakai avec un petit sourire. Il n'a jamais été raccordé au réseau.

Il tira le cordon et un fil électrique coupé apparut.

— C'est pour cela qu'elle n'a pas voulu vous laisser téléphoner chez vous dans la nuit !

— Mais j'ai appelé Tokyo le même jour en fin d'après-midi avant de rentrer en *shinkansen*, protesta-t-il.

— Oui, mais c'était un autre téléphone…

— Comment cela ?

— Dans sa vraie maison, elle a un téléphone branché qui fonctionne normalement.

— Que voulez-vous dire par « sa vraie maison » ? Ne sommes-nous pas dans « sa vraie maison » ici ?

— Eh non, justement, ici nous sommes dans la réplique exacte, jusque dans les moindres détails, de sa vraie maison. Tout est identique : le modèle de pavillon, l'aménagement intérieur, le sofa, l'édredon sur le lit… Il n'y a que le raccordement du téléphone qui manque, parce que c'est un peu compliqué, il faut faire une demande à la compagnie et donner son nom.

— Mais pourquoi Aki Kiryu aurait-elle deux maisons de campagne ? demanda Fukazawa incrédule.

— C'est pourtant la vérité, reprit Kozakai. Jouant à la fois sur sa bonne connaissance de la ville et sur votre célèbre manque de sens de l'orientation, elle vous a joliment emberlificoté ce soir-là !

— Mais pourquoi ?

— Pour se forger, grâce à votre témoignage, un alibi inattaquable tandis qu'elle se débarrassait du jeune professeur adjoint Hino à deux pas d'ici !

— Mais…

— Mais quoi ?

— Nous ne sommes pas à Kamitakano ?

— Non, mais vous y avez cru, n'est-ce pas…

— De la même façon que j'y ai cru le soir du crime !… L'illusion était d'autant plus parfaite qu'il faisait encore sombre quand elle m'a amené à Osaka le matin. Je commence à comprendre : l'après-midi, quand je suis revenu au vrai pavillon de Kamitakano en taxi, toute une série de petits détails étaient là pour me rappeler incidemment que j'avais effectué le même trajet la veille. Les deux maisons doivent se trouver à égale distance de la gare de Tokyo… Est-ce que je me trompe ?

— C'est exact.

— Le soir, elle m'a fait remarquer en démarrant que le compteur de sa voiture indiquait trois mille trois cent vingt-trois kilomètres et que nous serions chez elle à trois mille trois cent trente-trois kilomètres. « Cela porte chance ! » a-t-elle ajouté en riant. Le lendemain, en me demandant de venir en taxi, elle a pris soin de me remettre ce détail en mémoire : « Vous avez vu qu'il n'y a que dix kilomètres, la course vous coûtera dans les mille cinq cents yens. » J'étais loin de me douter que tout cela faisait partie d'un plan soigneusement établi et n'y ai vu que du feu.

— Le recours à deux maisons identiques n'est pas nouveau : je me souviens d'un roman policier occidental dans lequel on transporte un témoin d'une maison à l'autre après lui avoir administré un somnifère… Aki Kiryu a réussi à vous faire aller et venir « tout éveillé » dans les deux maisons, c'est beaucoup plus fort ! Elle vous a préparé à voir et à vous souvenir des choses comme elle l'entendait… Les illusionnistes n'agissent pas autrement : sans le travail psychologique, les plans les plus habiles ne marchent pas !

— Justement, à ce propos, il y a encore autre chose : nous avions mangé des sushis dans la nuit ; le matin, elle m'a remis le petit étui en papier des baguettes sur lequel étaient inscrits le nom et l'adresse du traiteur, un *sushi-ya-san* renommé de Kamitakano. Ce serait un point de repère facile pour le chauffeur de taxi s'il ne connaissait pas encore bien les nouveaux lotissements, m'a-t-elle dit. Je réalise maintenant que ces sushis avaient pour but de renforcer l'illusion que nous étions bien à Kamitakano. En fait, elle avait dû aller les acheter dans l'après-midi quand j'étais retenu à Osaka pour mon travail…

— Un plan très minutieux qui ne lui aura servi à rien, conclut Mizunuma. Elle n'a plus d'alibi et nous pouvons demander un mandat d'arrêt contre elle.

Kosakai sourit.

— Elle viendra demain après-midi : faire la preuve de sa culpabilité sera une simple formalité…

La ronde

1

Le lendemain, quand Aki Kiryu se présenta au bureau de vente des pavillons de Fushimi sous l'identité de Yoshiko Suzuki, les policiers n'eurent qu'à sortir de l'ombre pour l'arrêter.

A Tokyo, l'analyse graphologique avait formellement conclu que le carton laissé par le mystérieux client du club *Laforêt* était bien de la main d'Akira Daimon.

Après un long interrogatoire, les deux suspects finirent par reconnaître les faits, tout en essayant de rejeter la responsabilité principale du complot sur Natsuhiko Hino. D'après Aki Kiryu, c'était lui qui avait eu l'idée de cet échange de meurtres.

« Nous nous sommes rencontrés tous les trois, Akira Daimon, Natsuhiko Hino et moi, au *Kabuki*, un restaurant apprécié des Japonais qui vivent à New York. Nous nous sommes revus plusieurs fois et, comme c'est souvent le cas entre compatriotes qui se retrouvent à l'étranger, nous évoquions tous nos problèmes personnels avec une grande franchise. Un soir, Natsuhiko Hino nous a tenu un grand discours comme quoi nous étions tous les trois dans une situation d'échec injustifiée : selon lui, nous méritions beaucoup mieux que le sort qui nous attendait à notre retour au Japon… C'est alors qu'il nous a parlé pour la première fois de son idée d'*échange de meurtres*…

« Nous avons d'abord cru qu'il plaisantait, mais non, il était très sérieux et a commencé à nous démontrer jour après jour que son plan était parfait et ne pouvait que réussir. Puis, quand il a vu qu'il n'arrivait pas à nous convaincre, il s'est mis à exercer un odieux chantage contre nous deux. Il avait en effet découvert qu'Akira Daimon et moi avions des relations très "personnelles" et il a menacé de révéler notre liaison si nous persistions dans notre refus. Nous ne pouvions pas prendre ces menaces à la légère : Akira Daimon voulait se présenter aux élections dans sa région de Kochi, et moi, j'avais décidé d'écrire de nouveaux textes de chansons… Il était évident que ce genre de scandale aurait réduit tous nos espoirs à néant. Nous avons été contraints d'accepter malgré nous ! De retour au Japon, c'est Natsuhiko Hino qui a tout organisé, nous n'avons fait que suivre ses instructions…

« C'est vrai, c'est moi qui l'ai tué.

« Je ne supportais plus l'odieux chantage qu'il exerçait sur moi. Même après l'exécution et l'apparente réussite de son plan, il ne me laissait pas de répit et exigeait que je lui "prête" de l'argent, car c'était à lui, disait-il, que je devais le succès de ma seconde carrière. Il se sentait en sécurité dans son poste de professeur d'université et devenait insatiable… C'est pour lui échapper que je l'ai tué… »

Les déclarations d'Akira Daimon allaient dans le même sens.

« C'est ma rencontre avec Natsuhiko Hino dans un restaurant de New York qui a ruiné ma vie. Il m'est d'abord apparu comme un jeune et brillant assistant de l'université Kyonan qui poursuivait ses études et je ne me suis pas méfié. Jamais je n'aurais imaginé qu'il était le type odieux que j'ai découvert par la suite ! Au fil des conversations, il avait l'art de nous faire parler, Mlle Kiryu et moi, de nos graves difficultés personnelles. Un jour, il nous a dit que nous méritions mieux que ce que la société nous réservait et qu'il ne tenait qu'à nous de faire à nouveau partie de l'élite. Quand je lui ai demandé ce qu'il entendait par là, il a développé devant nous son plan de *meurtres par échanges*. L'absence de mobile chez celui qui passait à l'acte et un alibi irréfutable pour le principal suspect étaient d'après lui les gages d'un succès absolu et sans risques ! Même si la police envisageait l'hypothèse d'un échange de meurtres à la suite de quelque indice, elle se perdrait dans un labyrinthe sans réussir à remonter nos trois pistes. Voyant que nous refusions, il a changé d'attitude et s'est mis à nous menacer. Il avait découvert notre liaison et était prêt à tout. Dans une région comme Kochi, avec une base électorale conservatrice, la simple rumeur d'un scandale suffisait à briser ma carrière. Vous savez ensuite ce qui s'est passé…

« C'est lui qui a tout pensé… c'est lui qui a brisé nos vies… »

2

NATSUHIKO HINO, LE PROFESSEUR ADJOINT DE KYONAN,
ÉTAIT LE CERVEAU !
MEURTRES EN SÉRIE CHEZ LES JEUNES LOUPS
AUX DENTS LONGUES !
L'AFFAIRE HINO : QUAND LES ASSASSINS S'ENTRE-TUENT !

Comme on l'imagine facilement, les journaux et les magazines s'en donnaient à cœur joie. La revue *Leisure*

News, bien entendu, n'était pas en reste et profitait de l'affaire comme d'une bonne aubaine. Dès que les arrestations avaient été connues, le rédacteur en chef avait aussitôt convoqué Izumida dans son bureau.

— Obtiens immédiatement une interview de cette Chisako Tanaka et essaie d'avoir l'exclusivité de ses souvenirs ! C'est elle le personnage le plus dramatique de toute l'histoire. Il paraît que tu la connais bien, alors je compte sur toi, n'est-ce pas ?

Izumida avait d'abord refusé, puis il avait fini par accepter. De toute façon, si ce n'était pas lui, quelqu'un d'autre serait chargé du reportage. Lui, au moins, essayerait de ménager la pauvre Chisako et de limiter les dégâts.

— Je m'en charge, mais laissez-moi traiter l'affaire comme je l'entends !

Le rédacteur ayant donné son accord, Izumida était immédiatement parti pour Kyoto.

Chisako Tanaka n'était pas chez elle.

— Je sais où elle est, mais je ne vous le dirai pas ! lui lança la concierge.

Elle avait un fort accent de la région et semblait se méfier de tout ce qui ressemblait à un journaliste. Izumida n'insista pas et se contenta de lui donner sa carte de visite.

— Dites-lui seulement que je suis venu et que je resterai à Kyoto au *Tower Hotel* jusqu'à demain.

Il s'éloigna.

Chisako Tanaka prendrait-elle contact avec lui ? Il s'accordait une chance sur deux, comme à pile ou face.

Elle avait certainement besoin d'aide. L'acharnement des médias à présenter son fiancé comme le principal responsable de la machination devait la révolter. Si elle avait confiance en lui, elle l'appellerait à son hôtel.

Mais si elle ne voyait en lui qu'un journaliste en quête de sensationnel, elle resterait dans l'ombre et il ne lui en tiendrait pas rigueur. Peut-être même serait-ce mieux ainsi. Il rentrerait bredouille mais soulagé à Tokyo. Tant pis pour son rédacteur en chef…

Ce soir-là, elle ne l'appela pas.

Le lendemain non plus.

Le dernier *shinkansen* pour Tokyo partait à vingt heures cinquante-trois de la gare de Kyoto ; à la demie, il se résigna à quitter sa chambre.

Il regrettait de ne pas l'avoir vue, mais en même temps il se sentait libéré du fardeau d'un reportage qui lui pesait.

Il prit l'ascenseur et traversa le hall à moitié désert. Il allait régler sa note à la réception quand soudain il l'aperçut, debout, en face de lui.

3

Il ressentit un violent pincement au cœur et sut qu'il était amoureux d'elle.

Elle était venue…

Le visage émacié, elle était très affaiblie et semblait avoir du mal à se tenir debout. Il s'approcha d'elle.

— Aidez-moi, murmura-t-elle d'une voix cassée.

— Allons prendre un café, fit-il en la prenant par le bras.

Elle se laissa guider, comme un automate, sans dire mot. Une fois dans le *coffee-lounge* de l'hôtel, il la fit asseoir et lui sourit.

— Que puis-je faire pour vous ?

— Je suis certaine que Natsuhiko n'était pas l'âme du complot, dit-elle. Je ne crois pas non plus à cette histoire de chantage à New York : il ne les a pas menacés pour leur forcer la main !

— Moi non plus, je n'y crois pas. Aki Kiryu et Akira Daimon cherchent à se décharger au maximum de leurs responsabilités sur le dos de votre fiancé. Les « aveux » de Daimon, notamment, sentent le mensonge à plein nez !

— Comment cela ?

— Sa crainte de voir sa carrière politique brisée par un scandale féminin ne tient pas debout : avec ou sans scandale, il n'avait aucune chance de l'emporter dans une élection contre les deux vieux routiers de la politique locale ! Il en avait au moins pour dix ans encore à patienter, et en dix ans, l'eau a le temps de passer sous les ponts…

— Depuis son retour des Etats-Unis, Natsuhiko était un homme traqué : il était nerveux, coléreux, avec de longs moments d'absence ou de dépression… Il n'avait rien d'un meneur, je vous assure, et je le connaissais bien ! Je crois que c'est plutôt lui qui était soumis à quelque odieux chantage…

— La question, reprit Isumida après un moment de réflexion, est de savoir qui était la véritable « âme du complot » et pour quelle raison votre fiancé s'est laissé entraîner dans l'aventure. Avez-vous quelque idée à ce sujet ?

— Harlem, répondit-elle.

— Harlem ?

— Oui, la moindre évocation des Noirs américains le rendait nerveux et il n'en parlait jamais. J'ai remarqué également que dans leurs réponses sur leurs liens avec Natsuhiko à New York, jamais Aki Kiryu ou Akira Daimon n'évoquent le quartier de Harlem. Avant de partir, il ne rêvait que de visiter et même de séjourner dans ce quartier… A son retour, c'était devenu un sujet tabou.

Elle sortit de son sac le petit porte-clés en bois sculpté et le posa sur la table.

— Il l'a ramené des Etats-Unis et s'est mis dans une colère folle quand je l'ai trouvé. Je ne comprends toujours pas pourquoi, mais j'ai la conviction que c'est très important.

— Que comptez-vous faire ?

— Je veux aller à New York…

— …

— Oui, je veux retrouver ses traces, savoir ce qu'il a fait pendant ces deux années et comprendre quel était son problème avec les Noirs américains.

— …

— Il me faut également des preuves de ce qui s'est exactement passé entre Akira Daimon, Aki Kiryu et Natsuhiko là-bas avant son retour. C'est une enquête difficile et je crains de ne pas parler assez bien anglais pour me débrouiller seule… C'est pour vous demander de m'accompagner que je suis venue vous voir…

— Allons-y, répliqua-t-il immédiatement.

Sombre Amérique

1

Izumida se chargea d'acheter les billets et de faire les réservations.

Quatre jours plus tard, ils embarquaient pour New York sur un vol de la Pan Am, *via* Anchorage. Chisako n'éprouvait aucune des joies du voyage et restait indifférente à toutes les petites péripéties d'un long trajet en avion. A l'escale d'Anchorage, elle ne quitta même pas son siège.

Izumida revint avec un journal américain.

— Il y a eu de nouvelles émeutes dans Harlem, dit-il. Etes-vous sûre de vouloir y aller ?

— Oui…

Durant le vol Anchorage-New York, l'appareil fut pris dans de nombreuses turbulences, puis retardé à l'aéroport Kennedy par l'arrivée d'un convoi militaire aérien. Après avoir tourné une demi-heure dans le ciel de New York, l'appareil se posa enfin, seize heures après le départ de Tokyo.

Ils prirent un taxi jusqu'à leur hôtel sur la Septième Avenue ; le chauffeur était un Noir… La main enfouie dans sa poche, Chisako serra très fort le petit porte-clés en bois sculpté de Natsuhiko…

Izumida lui expliqua qu'il avait choisi un hôtel situé en bordure du quartier noir, où descendaient de nombreux artistes du monde entier. Leurs chambres donnaient sur la rivière de Harlem.

— De l'autre côté, c'est Harlem, dit-il. Mon ami Jackson, dont je vous ai parlé dans ma lettre, m'a raconté qu'autrefois échapper au ghetto et pouvoir s'offrir une chambre dans cet hôtel était le rêve des jeunes Noirs de Harlem. Ceux qui réussissent comme chanteurs, joueurs de base-ball ou boxeurs reviennent ici fêter leur succès.

En bas, c'était l'heure de sortie des bureaux ; la foule des petits employés se déversa dans la rue, formant de longues queues aux arrêts d'autobus ou s'engouffrant dans les bouches du métro. Pour eux, Harlem était une zone à part que l'on traversait sans s'arrêter. Chisako eut l'impression que le calme régnait de l'autre côté de la rivière, comme s'il n'y avait pas d'heure de pointe, pas d'employés et pas de bureaux…

— Que voulez-vous faire ce soir ? demanda Izumida. Je pense qu'il est plus prudent de visiter Harlem dans la journée.

— Nous pourrions aller dans ce restaurant *Kabuki* que fréquentent de nombreux Japonais de New York.

— Vous avez raison ; nous y trouverons peut-être des amis de votre fiancé.

Ils se préparèrent rapidement et sortirent.

Le restaurant japonais *Kabuki* se trouvait près de la gare centrale. Une grande enseigne en lettres de néon brillait au-dessus de l'entrée tandis qu'une affiche pour un film japonais était placardée sur la vitrine. C'était un restaurant plutôt bon marché, où régnait une atmosphère sympathique. Presque toutes les tables de la vaste salle étaient occupées, à moitié par des *salarymen* japonais et à moitié par des couples d'Américains.

Ils s'installèrent dans un angle et commandèrent leur menu à une serveuse japonaise. Ensuite Izumida s'éclipsa et revint au bout de cinq ou six minutes.

— J'ai trouvé une serveuse qui se souvient de M. Hino ; elle va nous rejoindre, dit-il.

Ils commencèrent à manger, puis une jeune femme japonaise s'approcha d'eux.

Elle avait trente-cinq ans et vivait seule à New York après plusieurs années d'un mariage malheureux avec un GI américain rencontré au Japon.

— Je me souviens bien de M. Hino, dit-elle d'une voix nasillarde.

A force de vivre à New York, elle donnait l'impression de parler japonais avec un accent étranger.

— Il venait deux ou trois fois par mois et disait qu'il avait besoin de retrouver un peu de l'air du pays de temps en temps.

— Venait-il seul ? demanda Chisako.

— Non, répondit-elle en secouant la tête, au début, il venait avec M. Katagiri.

— M. Katagiri ?

— C'est un cadre d'une entreprise japonaise qui a un bureau à New York ; je crois qu'ils étaient ensemble à l'université.

— Est-ce un habitué ?

— Il est là ce soir en train de dîner.

— Pourriez-vous nous le présenter tout à l'heure ?

La jeune femme se leva tout en continuant à parler.

— M. Hino s'est ensuite trouvé d'autres amis, puis il a brusquement cessé de venir peu de temps avant de rentrer au Japon.

— Ses nouveaux amis s'appelaient-ils Akira Daimon et Aki Kiryu ? demanda Chisako.

— Je crois que oui, répondit-elle, mais je ne les ai jamais vus tous les trois ensemble. Excusez-moi, je dois reprendre mon service…

Ils restèrent un moment silencieux.

Izumida plongea ses baguettes dans la fondue de *sukiyaki* qui mijotait sur la table devant eux. Chisako ne mangeait rien et n'avait même pas touché à ses baguettes.

— Connaissez-vous ce M. Katagiri ? lui demanda-t-il.

— Ce nom ne me dit rien, fit-elle, mais je ne connaissais pas tous ses anciens camarades d'université. En outre, si celui-ci vit aux Etats-Unis depuis plusieurs années…

Au même moment, un jeune homme s'approcha de leur table, guidé par la serveuse. Il avait à peu près le même âge que Natsuhiko.

Chisako se présenta, le jeune homme lui tendit une carte de visite imprimée en anglais.

— Natsuhiko m'a beaucoup parlé de vous, dit-il en s'inclinant. C'est terrible, n'est-ce pas…

Les nouvelles du Japon arrivaient très vite à New York et il était déjà au courant de toute l'affaire telle qu'elle avait été racontée par les journaux. Chisako baissa les yeux et resta le regard fixé sur ses mains crispées. Ce fut Izumida qui engagea la conversation.

— Il venait souvent ici avec vous, je crois ?

— Oui, au début de son séjour, nous venions souvent ensemble.

— Ensuite il a sympathisé avec Akira Daimon et Aki Kiryu…

— Non ce n'est pas exactement cela. Au début, Daimon était avec nous et nous formions un trio de garçons. Il était plus âgé que nous, mais nous nous étions rencontrés dans un cours du soir de conversation anglaise destiné aussi bien à des hommes d'affaires qu'à des étudiants.

— Aki Kiryu est donc arrivée bien après.

Katagiri eut l'air embarrassé.

— Euh, oui… Elle s'est jointe à nous…

Il jeta un coup d'œil sur Chisako qui gardait la tête baissée.

— Vous savez, tous les Japonais qui viennent passer un an ou deux à New York traversent des moments difficiles, qu'ils soient étudiants, employés ou hommes d'affaires. On se sent tout à coup complètement vide et désespéré… Ce sont des moments de grande tristesse et il arrive même que certaines personnes fragiles se suicident. C'est pourquoi, quand une jeune femme japonaise se présente, il est difficile de ne pas se laisser tourner la tête… Ce n'est pas par amour, mais par tristesse…

— Voulez-vous dire que M. Hino a eu une liaison avec Aki Kiryu ? demanda Izumida.

Katagiri regarda à nouveau en direction de Chisako. Celle-ci releva la tête.

— Ne vous inquiétez pas pour moi, dit-elle d'un ton ferme et assuré. Je veux savoir la vérité, c'est tout.

— Il n'était pas amoureux d'elle, j'en suis sûr, il s'est laissé entraîner parce qu'il était déprimé. Pourtant, je lui avais dit de se méfier…

— Pourquoi donc devait-il se méfier ? demanda Izumida.

— Je crois qu'elle le faisait marcher. Plusieurs indices m'avaient convaincu qu'Akira Daimon était également l'amant d'Aki Kiryu et j'avais l'impression qu'ils se moquaient de lui dans son dos. Je ne voulais pas m'en mêler, bien entendu, mais je lui avais dit de faire attention. Il n'avait rien de bon à tirer de cette aventure.

— Comment avait-il pris vos conseils ?

— Je n'en sais rien…

— Comment cela ?

— Au début, j'ai eu l'impression que mes paroles faisaient de l'effet, puis, peu de temps après, il a soudain changé du tout au tout !

— En quoi avait-il changé ?

— Il me fuyait et ne fréquentait plus aucun de nos lieux habituels. J'ai également perdu de vue Daimon et Aki Kiryu, mais je crois qu'ils se voyaient tous les trois ailleurs, plus ou moins en secret. Pour ma part, je n'ai pas insisté et nos relations en seraient restées là si je n'étais pas tombé sur lui par hasard au coin d'une rue, quelques jours avant qu'il ne rentre au Japon. Nous avons pris un café et je lui ai demandé s'il avait pu achever la rédaction de son mémoire sur *Le problème noir aux Etats-Unis*. Il est devenu tout rouge et m'a planté là sans dire un mot ni finir son café !... Encore maintenant, je ne comprends absolument pas ce qui s'est passé...

Katagiri n'en savait pas davantage ; il prit congé en s'excusant auprès de Chisako.

Izumida alluma une cigarette.

— J'ai l'impression qu'il s'est laissé entraîner par Daimon et Aki Kiryu, dit-il.

— Cela faisait partie de leur plan ? demanda-t-elle.

— Je le crains.

Elle coupa le gaz sous la marmite du *sukiyaki* qui avait trop cuit.

Natsuhiko avait été l'amant d'Aki Kiryu.

Avec le doigt, Izumida dessina machinalement les caractères chinois « Daimon » et « Kiryu » sur la table.

— Leurs mobiles étaient beaucoup plus puissants que celui de votre fiancé, dit-il. Akira Daimon n'avait aucune chance de gagner les élections et Aki Kiryu, qui avait déjà échoué comme chanteuse, ne pouvait espérer réussir comme parolière sans l'aide de Jun Asabuki. La situation de Natsuhiko Hino, en comparaison, n'était pas vraiment désespérée.

— Je le pense aussi ; jamais il n'aurait tué pour la simple satisfaction d'être nommé professeur adjoint.

— Il y a donc une autre raison qui l'a amené à se joindre à eux.

— Mais pourquoi avaient-ils besoin de lui ? Ne pouvaient-ils pas faire leur coup à deux ?

— Ce n'est pas si simple : la police a vite fait de rapprocher deux meurtres inexpliqués, tandis qu'en introduisant une troisième donnée, la complexité s'accroît de façon exponentielle.

— Je ne comprends pas pourquoi il a accepté. Il n'avait rien d'un assassin !

— Ils ont dû le forcer, trouver le moyen d'exercer un chantage tel qu'il n'a pas eu le courage de refuser. Peut-être la réponse se trouve-t-elle à Harlem ? Etes-vous certaine de vouloir y aller ?

— Oui… pourquoi ?

— Je crains que ce que nous risquons de découvrir ne vous fasse souffrir encore davantage.

— Peu importe, dit-elle, je veux savoir.

2

Le lendemain, le ciel était couvert et il faisait très froid. Ils quittèrent l'hôtel en fin de matinée.

— Je ne savais pas qu'il faisait si froid à New York en cette saison, dit-elle. Sommes-nous vraiment au centre-ville ?

— Ici, c'est le contraire de Tokyo, expliqua-t-il. Les riches habitent dans des quartiers résidentiels en banlieue et ce sont les pauvres, surtout les Noirs, qui occupent les habitations insalubres ou bon marché du centre.

Ils avaient traversé la rivière et longeaient une grande avenue où alternaient des taudis délabrés, des chantiers et des immeubles modernes tout blancs.

— Le gouvernement essaie de démolir tous les taudis et de rénover ces quartiers, mais le problème est que la population noire n'a pas les moyens d'emménager dans les nouveaux immeubles…

Tout en écoutant les explications d'Izumida, Chisako ne pouvait s'empêcher de frissonner. Sous ce ciel maussade, elle recevait de plein fouet le choc de la pauvreté de ce quartier noir de New York... Elle n'avait jamais réfléchi au problème des races et devait reconnaître, à son cœur défendant, que tout ici, les gens, les odeurs, les couleurs, lui faisait peur...

Jackson, l'ami d'Izumida, n'était pas chez lui, mais son père les reçut à bras ouverts. C'était un vieil homme, énorme et souriant, qui parlait lentement avec un accent du Sud. A la différence de son fils engagé dans les mouvements extrémistes, c'était un homme doux et débonnaire.

— Que puis-je faire pour vous ? leur demanda-t-il.

Chisako sortit le porte-clés avec une figurine en bois sculpté représentant un Noir et le lui montra.

— Est-ce que l'on vend ces porte-clés dans Harlem ? demanda-t-elle.

Il saisit le porte-clés et l'examina.

— Fait à la main... Il n'y a que Chicken qui sache encore les faire !

— Chicken ? s'étonna Chisako. Pourquoi « Poulet » ?

Le père de Jackson éclata de rire.

— C'est un surnom ! Je ne sais même pas son vrai nom...

— Depuis quand fabrique-t-il des porte-clés ?

— Depuis toujours !

— Pouvez-vous nous emmener à son magasin ?

— Oui, mais il faudra lui en acheter au moins un chacun, sinon après, moi je vais me faire traiter de tous les noms !

Il souleva son énorme carcasse de sa chaise et les entraîna derrière lui dans le quartier. Une bande d'enfants se mit à les suivre en riant. De loin en loin, des ivrognes étaient couchés par terre le long du trottoir. Un jeune Noir, debout sur un cageot de pommes vide, s'adressait sur un ton exalté à une foule inexistante.

— Avec moi, vous ne craignez rien, leur dit leur guide. Ah, le voilà !

Un vieil homme, une épaisse paire de lunettes noires sur le nez, était assis dans un fauteuil sorti à même le trottoir devant un immeuble décrépi. Il tenait sur ses genoux une boîte en carton remplie de porte-clés. Une petite pancarte en dépassait, indiquant UN DOLLAR PIÈCE.

— Salut, Chicken ! fit le père de Jackson. Les affaires marchent comme tu veux ?

— Non, répondit-il.

— Je t'amène des clients japonais... Ils voudraient te poser quelques questions avant.

Chicken fit la grimace.

— Est-ce que beaucoup de Japonais vous achètent vos porte-clés ? s'enhardit à demander Chisako.

— Oui, par douzaines ! répondit Chicken d'un ton brusque.

— Vous avez l'air de ne pas les aimer beaucoup, on dirait ? fit Izumida. Qu'avez-vous à leur reprocher ?

Chicken leva la tête vers le ciel sans même les regarder.

— Ils ont tué Ed...

— Que voulez-vous dire ?

Le père de Jackson prit la parole.

— Ed était un jeune du quartier ; il est mort il y a deux ans...

— Deux ans ? Quel est le rapport avec des Japonais ?

— Les Japs l'ont assassiné ! coupa Chicken.

— Quels Japonais ? cria presque Chisako.

— D'après Ed, deux hommes et une femme, reprit le père de Jackson.

— Mais si Ed est mort, comment... ?

— Avant de mourir, il a eu le temps de me parler, fit Chicken.

— Que vous a-t-il dit ?

— Une Jap lui avait demandé s'il voulait participer à un sketch.

— Un sketch ?

— Oui, il s'agissait de faire une mauvaise farce à deux amis japonais dont elle voulait se venger pour une bricole. Comme c'était très bien payé, Ed avait accepté…

— Que devait-il faire ? murmura Izumida.

— Quand ils viendraient tous les trois visiter mon petit atelier derrière, il devait prendre la femme en otage et la menacer avec un couteau. Elle voulait absolument voir la tête ahurie qu'ils feraient, elle jubilait à l'idée de les narguer en dévoilant tout au dernier moment !

— La plaisanterie stupide a mal tourné, dit le père de Jackson. La femme n'a rien dit et elle a au contraire encouragé les deux hommes à se précipiter sur Ed qui, dans la mêlée, a reçu un coup de couteau mortel…

— Les avez-vous vus ? demanda Chisako à Chicken.

Vus ? répondit-il en ôtant ses lunettes noires. Je suis aveugle, ma petite dame !

Chisako poussa un petit cri.

— L'un des deux Japs s'est approché de moi, puis quand il a compris que j'étais incapable de rien voir, il a puisé une poignée de porte-clés dans ma boîte et il s'est enfui avec les deux autres. Les flics n'ont pas cru à mon histoire, ils disaient que je voulais couvrir un règlement de comptes entre dealers et l'affaire a été classée.

— Nous connaissons les trois Japs qui ont assassiné le jeune Ed, dit Izumida.

— Deux sont en prison ajouta Chisako, le troisième est mort…

— Amen, dit-il d'une voix grave.

3

Natsuhiko avait été attiré dans un piège.

Etait-ce lui ou Akira Daimon qui avait porté le coup fatal ? Peu importait, ils avaient assassiné ensemble un jeune Noir de Harlem et ce secret les unissait.

Le comportement étrange de Natsuhiko à son retour des Etats-Unis trouvait là sa triste et sinistre explication. Un point cependant restait mystérieux. Pourquoi, alors qu'il cherchait par tous les moyens à oublier Harlem, avait-il rapporté ce petit porte-clés qui lui rappelait son crime ?

Dans la chambre de son hôtel new-yorkais, Chisako crut comprendre ce qui s'était passé. Ce n'était pas lui qui l'avait rapporté, mais Akira Daimon ou Aki Kiryu. Sans doute même avaient-ils utilisé la poignée de porte-clés volés dans la boîte de Chicken pour lui rappeler régulièrement son crime.

Elle se souvint de la scène sur le terre-plein de l'aéroport de Haneda quand Aki Kiryu s'était approchée de Natsuhiko par-derrière. Elle avait eu l'impression que la jeune femme lui touchait l'épaule, mais n'avait-elle pas plutôt glissé un de ces porte-clés dans sa poche ? Le sourire qu'elle avait eu alors n'aurait pas été de connivence, mais de joie cruelle à sentir sa proie prise au piège.

Elle était sûre, désormais, qu'ils l'avaient harcelé et qu'il avait cédé par peur et par faiblesse. C'était pour avoir un peu de répit qu'il avait voulu déménager…

Lui aussi avait souffert. Sans doute aussi l'avait-il, à sa manière, sincèrement aimée.

Elle passa la nuit à se souvenir et à réfléchir.

Tout était fini.

Le lendemain, l'angoisse qui la tenaillait depuis des semaines avait disparu. Seule la tristesse restait. Comprenant ses sentiments, Izumida se tenait en retrait, silencieux.

Ils quittèrent New York.

Au bout d'une douzaine d'heures de vol, la plupart des passagers étaient endormis. Izumida regarda Chisako assise près du hublot à son côté : les yeux fermés sous ses longs cils, elles avait un visage d'ange... Quand il voulut remonter la couverture qui avait glissé sur ses genoux, elle ouvrit les yeux et lui sourit.

Il comprit qu'elle avait retrouvé une forme de paix intérieure.

— Ne rentrez pas tout de suite à Kyoto, lui dit-il. Restez quelque temps à Tokyo...

Elle continua à lui sourire avec la même douceur, sans répondre.

Pendant le reste du vol, Izumida se laissa pénétrer de l'idée que Chisako allait rester avec lui à Tokyo. Il fit même le compte de ses maigres économies pour savoir dans quel quartier il pourrait acheter à crédit un petit deux-pièces...

Trente minutes avant l'atterrissage à Tokyo, Chisako se leva pour aller se remaquiller; comme elle passait devant lui, il lui remit un petit billet qu'il venait d'écrire.

C'est moi qui, malgré votre volonté de protéger la mémoire de votre fiancé, ai envoyé une lettre anonyme pour prévenir la police des trois meurtres.

Il ne s'agissait pas seulement pour moi de voir les deux principaux responsables de cette machination traduits devant la justice. En allant jusqu'au bout de cette enquête, j'ai espéré en secret à chaque instant que la preuve de la culpabilité de Natsuhiko Hino vous détournerait de lui en ma faveur.

Maintenant que vous connaissez mes sentiments, je suis prêt, pour la vie, à essayer de me faire pardonner cette trahison.

Quand elle revint, très légèrement maquillée, elle ne laissa paraître aucun changement dans son attitude.
Elle était très belle.
Izumida ferma les yeux et fit un vœu.

Ayant franchi le premier les contrôles de la douane, il l'attendit à la sortie derrière les grandes baies vitrées. Quelques minutes plus tard, elle apparut à son tour et s'arrêta un instant devant lui. Un calme paisible se lisait sur son beau visage régulier.
Elle avança et s'engagea dans la file des correspondances pour les lignes intérieures.
Direction Osaka.
Jusqu'au bout, Izumida la regarda s'éloigner et disparaître dans la foule.

Achevé d'imprimer
sur les presses de

HORIZON
GROUPE

Parc d'activités de la plaine de Jouques
200, avenue de Coulin
13420 Gémenos

Dépôt légal : avril 1998